A VIDA E A PAIXÃO DE
DODIN-
-BOUFFANT,
GOURMET

MARCEL ROUFF

A VIDA E A PAIXÃO DE DODIN-BOUFFANT, GOURMET

{ O SABOR DA VIDA }

Tradução
Pedro Karp Vasquez

Prefácio
Rodrigo Fonseca

Editora Nova Fronteira

Título original: *La vie et la passion de Dodin-Bouffant, gourmet*

© da tradução by Editora Nova Fronteira Participações S.A.

Direitos de edição da obra em língua portuguesa no Brasil adquiridos pela EDITORA NOVA FRONTEIRA PARTICIPAÇÕES S.A. Todos os direitos reservados. Nenhuma parte desta obra pode ser apropriada e estocada em sistema de banco de dados ou processo similar, em qualquer forma ou meio, seja eletrônico, de fotocópia, gravação etc., sem a permissão do detentor do copirraite.

EDITORA NOVA FRONTEIRA PARTICIPAÇÕES S.A.
Av. Rio Branco, 115 — Salas 1201 a 1205 — Centro
20040-004
Rio de Janeiro — RJ — Brasil
Tel.: (21) 3882-8200

Dados Internacionais de Catalogação na Publicação (CIP)

livros da editora:

R854s Rouff, Marcel
    A vida e a paixão de Dodin-Bouffant, gourmet: o sabor da vida/ Marcel Rouff; traduzido por Pedro Karp Vasquez ; prefácio por Rodrigo Fonseca. - 1. ed. – Rio de Janeiro: Nova Fronteira, 2024.
    176 p.; 13,5 x 20,8 cm

    Título original: *La vie et la passion de Dodin-Bouffant, gourmet*

    ISBN: 978-65-5640-826-2

    1. Literatura francesa. I. Vasquez, Pedro Karp. II. Título.

CDD: 843
CDU: 821.133.1

André Queiroz – CRB-4/2242
Conheça outros

SUMÁRIO

07 NOTA DO TRADUTOR
11 PREFÁCIO

15 JUSTIFICATIVA
20 QUATRO ARTISTAS E EUGÉNIE CHATAGNE
33 DODIN, VÊNUS E A GOROROBA
49 O QUARTO APÓSTOLO
59 DODIN-BOUFFANT, UM *POT-AU-FEU* E UMA ALTEZA
66 *POT-AU-FEU* E SUA ALTEZA
86 DODIN-BOUFFANT CONCLUI UM CAPÍTULO
99 PAULINE D'AIZEREY OU A DAMA DA COZINHA
129 A CRISE
138 DODIN-BOUFFANT ENTRE OS BÁRBAROS
164 REGRESSO E JURAMENTO

NOTA DO TRADUTOR

O grande número de pratos da culinária francesa, bem como dos alimentos empregados em seu preparo, poderia sugerir duas opções ao tradutor: o uso de notas de rodapé ou a criação de um glossário ao final do volume.

Não optei por nenhuma das duas possibilidades. Isso porque o recurso às notas de pé de página interferiria desfavoravelmente na diagramação e concederia ao livro a aparência do que ele não é: uma obra de não ficção ou uma tese acadêmica. Ao passo que o glossário ao final do livro tornaria a leitura penosa, pelo fato de remeter praticamente a cada página o leitor às explicações nele constantes, quebrando o ritmo da leitura e prejudicando a apreciação do humor do texto, já que piada explicada é piada arruinada. Além do mais, como *A vida e a paixão de Dodin-Bouffant, gourmet: o sabor da vida* também não é um manual de gastronomia e tampouco um livro de receitas culinárias, o leitor não tem necessidade de conhecer em minúcias a composição de cada prato, basta saber que são especialidades da cozinha francesa que Marcel Rouff se empenhou em exaltar acima de todas as demais.

Por outro lado, é preciso não esquecer igualmente que o leitor moderno não tem mais necessidade de se levantar do sofá ou da poltrona para consultar dicionários ou enciclopédias, pois tem certamente um celular ao alcance da mão para lhe facultar a consulta instantânea não só aos ditos dicionários e enciclopédias como a centenas de outras fontes disponibilizadas pelos mecanismos de busca da Internet.

Assim, quando necessário e possível, os nomes dos pratos foram traduzidos e, quando isso era impossibilitado pela inexistência de uma correspondência em português, alguns pratos, molhos, condimentos e modos de preparo foram mantidos em francês e grafados em itálico. Valendo lembrar que em muitos casos termos da culinária francesa foram incorporados pelo português, seja com a forma original, seja com pequenos ajustes destinados a preservar não a grafia e sim a fonética francesa. É, por exemplo, o caso de consomê, que ganhou o acento circunflexo para preservar a sonoridade de origem, pois se permanecesse com a grafia francesa — *consommé* — nós pronunciaríamos esse "e" com o som de acento agudo, quando na verdade ele tem o som grave no idioma de origem.

Pratos e/ou termos culinários foram assimilados com a grafia original, como *quenelle, cassoulet, quiche lorraine, madeleine, petit gâteau, ratatouille, croissant, macaron, escargots, confit de canard, soupe à l'oignon, boeuf bourguignon, tarte tatin*. Existindo às vezes os pequenos ajustes assinalados, como *crème*, que perdeu o acento, e *soufflé*, que virou suflê; e até mesmo ocorrências de fluidez de gênero: *quiche*, feminina na França, aqui no Brasil se tornou substantivo de dois gêneros, feminino e masculino; enquanto o ratatouille fez a transição completa: nasceu feminina na Provença e se tornou masculino entre nós.

Tudo isso considerado, vale reiterar que o mais importante em *A vida e a paixão de Dodin-Bouffant, gourmet: o sabor da vida* não são os pratos e os ingredientes culinários, e sim os achados e os ingredientes literários: humor e erudição, com essa última colocada a serviço do primeiro, pois o propósito maior de Marcel Rouff não é impressionar, mas divertir.

Apesar disto, ele nos impressiona vivamente em virtude da agudeza da sua visão antecipatória. Isso porque a premissa central do seu livro antecedeu em um século (a primeira edição é de 1920), algo que hoje se tornou uma realidade incontestável: a de que a alta gastronomia francesa é um fenômeno cultural de primeira grandeza, de valor comparável ao das belas-artes. De tal forma que hoje os nomes dos grandes chefes são tão conhecidos e festejados como o dos grandes pintores e diretores de cinema. E, se a culinária regional é encarada com a mesma reverência das escolas ou movimentos artísticos, isso se deve em grande parte ao esforço doutrinário de Marcel Rouff, ao preconizar essa valorização por intermédio de Dodin-Bouffant que, mais do que simples personagem literário porta-voz dessas teses, é um verdadeiro alter ego, um avatar, de Marcel Rouff.

Apóstolo maior da gastronomia francesa, Marcel Rouff era suíço de nascimento (Carouge, cantão de Genebra, 1877), mas obteve a nacionalidade francesa e viveu boa parte da vida em Paris, aonde veio a falecer em 1936. Assim como seu protagonista, Rouff era um gastrônomo de primeira categoria, tendo sido um dos principais responsáveis pela criação da prestigiosa Academia dos Gastrônomos. Seu parceiro nessa empreitada foi Maurice Edmond Sailland (1872-1956), mais conhecido pelo pseudônimo de Curnonsky e apelidado de "príncipe dos gastrônomos", amigo de Rouff desde os tempos em que ambos foram estudantes de literatura na Sorbonne e seu confrade em uma vintena de outras associações gastronômicas. Mas essa não era a única das paixões desse escritor de talento múltiplo: Rouff também foi poeta, biógrafo, ensaísta, jornalista e historiador, além de entusiasta do alpinismo e das grandes viagens, não apenas na Europa, como também nos Estados Unidos, no Oriente Médio, no Oriente Próximo e também na China.

Apesar de ter sido responsável pela fama do *pot-au-feu* de Dodin-Bouffant, que chegou a ser incorporado ao cardápio de restaurantes de alto luxo, como o Maxim's e o Fouquet's, Marcel Rouff tinha outro prato predileto: o *poulard à la crème*, acompanhado de vinhos da Borgonha ou do Loire. E, como seu personagem, era um adepto ferrenho do regionalismo gastronômico e das tradicionais receitas locais valorizadoras do "sabor da terra".

Dodin-Bouffant foi inspirado em um conhecido gourmet do início do século XX, Camille Cerf, criador da Academia do Gosto e igualmente implacável na seleção dos seus convidados e meticuloso na organização das suas refeições.[1] Apesar do tom paródico de *A vida e a paixão de Dodin-Bouffant, gourmet: o sabor da vida*, Cerf não ficou ofendido com a homenagem. Muito ao contrário: em 1924, quando saiu a segunda edição do livro (bastante expandida e correspondente à atual, pois a primeira havia sido cortada em virtude da carência de papel no período imediatamente ulterior à Primeira Guerra Mundial) ele mandou preparar um *pot-au-feu* à maneira de Dodin-Bouffant e convidou Marcel Rouff para degustá-lo. Para sua satisfação, o escritor julgou o resultado "excelente".

Assim como a transposição de um guisado das páginas de um livro para a vida real foi bem-sucedida, a transmutação de um gourmet em carne e osso para a literatura foi muitíssimo bem-sucedida, como verá o leitor moderno, que terá a oportunidade de se deleitar com o estilo "escrupuloso" (segundo ele próprio) de Marcel Rouff, com suas frases longas, ditirâmbicas, repletas de adjetivos, de nostalgia e sensualidade gustativa. Tudo isso apimentado com um senso de humor único, inteligente e inimitável.

Pedro Karp Vasquez

---

[1] Algumas fontes também creditam Jean-Anthelme Brillant-Savarin como a inspiração de Rouff para o personagem, especialmente quanto ao conhecimento sobrenatural da culinária

PREFÁCIO: IGUARIA NO PAPEL E NAS TELAS

Coroado com o prêmio de Melhor Direção no Festival de Cannes de 2023, onde foi ovacionado em sua projeção para a crítica internacional, *O sabor da vida*, do cineasta vietnamita Trần Anh Hùng, colocou sob os holofotes o ensaio afetivo (e gastronômico) que está em suas mãos e sobre seu autor, o suíço radicado na França Marcel Rouff (1877-1936). Dramaturgo, poeta, romancista e especialista em culinária, Rouff costumava ser lembrado pelos 28 volumes de *La France Gastronomique, Guide des merveilles culinaires et des bonnes auberges françaises*, publicado de 1921 a 1928 e escrito em dupla com o humorista e crítico gastronômico Maurice Edmond Sailland Curnonsky (1872-1956). Tratava-se de um inventário das especialidades regionais francesas, com recomendações de restaurantes da época, o que incluía mais de cinco mil receitas diferentes. Mas o filme de Trần deu outra dimensão à sua contribuição à literatura, recontextualizando a relevância de seus temperos narrativos e a suculência de sua prosa.

Há muito não se falava dele quando Cannes começou. Ao chegar à Croisette, na disputa pela Palma de Ouro, a produção baseada em *La vie et la passion de Dodin-Bouffant, gourmet*, cuja versão definitiva é de 1924, despertava interesse apenas pela escalação de um ex-casal: Juliette Binoche e Benoît Magimel. Eles namoraram de 1999 a 2003 e tiveram uma filha, Hannah. Acabou-se a paixão — tão fotografada e comentada pelos tabloides parisienses —, mas ficou uma sólida parceria profissional. Ela foi "oscarizada" com a estatueta de Melhor Atriz Coadjuvante da Academia de Artes e Ciências Cinematográficas de Hollywood, em 1997, por *O paciente inglês*. Ele soma três troféus César (o Oscar francófono) na carreira, conquistados por *De cabeça erguida* (em 2016); *Enquanto vivo* (em 2022); e *Pacifction* (em 2023). O encontro de ambos na telona, mediada pela câmera do realizador do cult *O cheiro do papaia verde* (1993), configurava-se como um atrativo (e tanto), para Cannes e para a indústria audiovisual europeia. Mas o longa-metragem revelou ser mais. Não por acaso, foi a escolha oficial do Ministério da Cultura francês para representar a pátria de Balzac na corrida por uma vaga na disputa pelo Oscar de Melhor Filme Internacional, em 2024.

Idealizado em março de 2021, *O sabor da vida* (*La passion de Dodin-Bouffant*) foi rodado por Trần Anh Hùng no primeiro semestre de 2022, de 31 de março a 18 de maio, em Maine-et--Loire, na região de Anjou, no Château du Raguin, em Chazé--sur-Argos. Teve filmagens ainda no Château de Brissac, em Brissac Loire Aubance. A estonteante direção de arte que adereça as cenas de cozinha foi idealizada por Toma Baqueni e a luz dionisíaca que trata os jardins da casa onde se passa a trama foi mérito da fotografia de Jonathan Ricquebourg. Ambos os artistas se basearam nas referências estéticas apontadas na escrita de Rouff. O disputado mestre-cuca Pierre Gagnaire prestou consultoria para o longa, delineando as guloseimas preparadas por Eugénie, a personagem de Juliette Binoche.

Com base no universo cartografado por Rouff, somos transportados para 1885. No interior da França, Eugénie, uma excelente cozinheira, trabalha há vinte anos para o famoso gastrônomo Dodin (Magimel). Ao longo dos anos, a sua paixão pela gastronomia e a admiração mútua que nutrem um pelo outro conduziram a uma relação de amor muito peculiar. Dodin é louco para ter a mão de Eugénie em casamento, mas ela refuta, por preservar sua liberdade. No entanto, eles se entendem num benquerer livre. Inspirada pelo desejo dele e pelo respeito que tem de todos na casa onde vive, Eugénie prepara diariamente uma série de pratos, cada um mais delicioso e delicado do que o anterior, que surpreendem seus convidados — quase todos da alta sociedade. Porém, numa virada do destino, o inusitado vai servir uma iguaria azeda aos dois, o que leva Dodin a mudar sua estratégia, criando uma audaciosa trama lírica. Nas páginas a seguir, você vai se deliciar com ela e provar do manjericão do romantismo e do alecrim da sagacidade. "Parti de um livro sobre a arte de cozinhar e também um conto sobre o amor, com o cuidado de alcançar um balanço entre os dois", disse Trần a Cannes, em resposta a este que vos escreve, na coletiva de imprensa de *O sabor da vida*. "O cinema nunca pode ser usado como instrumento ou como algo a ilustrar uma premissa. Cinema é linguagem. Se pode criar uma emoção nas telas, ela deve vir de um procedimento da linguagem. Queria fazer um filme que fosse bem francês, mas é difícil apontar as referências diretas de grandes nomes do cinema gaulês. O melhor gesto quando se faz um filme é procurar a própria voz. Há, contudo, um realizador que sempre levo comigo: Godard. Cada filme dele tinha frescor. Gosto da sua luz." Diretor de *Acossado* (1960), Jean-Luc Godard era suíço como Rouff e, como o escritor, ergueu sua obra a partir de Paris e seus arredores. São dois talentos que se encantaram pelas contradições da França — e seus prazeres.

Nascido em Carouge, em Genebra, Rouff dedicou seu romance sobre o gourmet fictício Dodin-Bouffant ao amigo Curnonsky. Em 1973, o livro chegou a ser adaptado para televisão francesa, por Jean Ferniot, abrindo um debate público sobre a cultura culinária do Velho Mundo e os riscos que ela sofria por uma cultura afeita a *fast-food*. O que a literatura dele revela, nesta *love story* que você há de devorar em breve, é a possibilidade de se contemplar a arte de cozinhar e a arte de comer, valorizando sabores. Escrito antes da Primeira Guerra Mundial (1914-1918), mas só publicado alguns anos após o fim do conflito, *A vida e a paixão de Dodin-Bouffant, gourmet: o sabor da vida* foi tratado como obra-prima à época de seu lançamento. Os jornais franceses descreveram o livro como uma "encantadora fantasia gastronômica". O crítico Lawrence R. Schehr classificou-o como "uma obra híbrida que se situa algures entre a ficção e os livros de cozinha, os menus e a Food TV". Vale destacar que o romance teve cinquenta edições francesas, entre 1924 e 2010. Foi traduzido para inglês e publicado em Londres em 1961, e, no ano seguinte, saiu em Nova York.

Agora vá e curta uma experiência que dá fome, mas sacia nosso apetite por boas histórias.

Rodrigo Fonseca,
crítico de cinema

JUSTIFICATIVA

Durante um bom tempo, no pós-guerra, hesitei em concluir e editar este livro que eu havia começado a escrever às vésperas da catástrofe. Alguns se sentirão no direito de condenar o que consideram minhas futilidades gastronômicas, em um momento no qual preocupações tão graves importunam combatentes em convalescença, e me condenarão pelo fato de discutir o molho de um linguado quando os bárbaros estão, mais do que nunca, às portas de Roma. Contudo, decidi publicá-lo mesmo assim e adiciono à aparente inconveniência de convidar os leitores à cozinha, quando eles deveriam estar debatendo no Fórum, a audácia de me declarar inocente. Eu poderia basear os argumentos de minha defesa nos pensamentos habituais de Dodin-Bouffant, ou em alguns aforismos imortais da sombra augusta de quem inscrevo o nome terrestre no topo destas páginas. Caso admitamos, juntamente com o homem cuja santa existência eu evoco nestas páginas, e comigo mesmo, que a cozinha é a arte do paladar, assim como a pintura é a arte da visão e a música a arte da audição, chegamos à seguinte indagação: não é chegada a hora de glorificar essas artes, criações espontâneas da fantasia e da sensibilidade humana, às quais, no final das contas, nós talvez sejamos obrigados no futuro a solicitar os fundamentos e as regras de uma nova moral, caso a razão persista em nos recusá-las?

Essa argumentação será certamente atacada, pois a culinária ainda é vítima de grosseiros e deploráveis preconceitos. Seus mais nobres gênios ainda não conquistaram o direito de figurar entre Rafael e Beethoven e, antes que alguém admita ter descoberto o mais modesto ensinamento na presente reunião de humildes relatos, seria necessário escrever um livro volumoso para sustentar em teses, antíteses e sínteses, tanto o argumento de que a arte da gastronomia, como qualquer outra, possui uma filosofia, uma psicologia e uma ética próprias, quanto o de que ela é parte integrante da sabedoria universal e que é conectada à civilização da nossa terra, à cultura de nosso paladar e, por essa via, à essência superior da humanidade. Eu sempre acreditei que a arte era um esforço da genialidade para encontrar e expressar a harmonia profunda e absoluta que subjaz dissimulada atrás da aparência desconexa e caótica da natureza. Não forjei, de maneira alguma, esse conceito em benefício da paixão dominante do meu herói. Mas como ele é adequado!

Espalhe sobre uma grande mesa todos os produtos animais e vegetais da terra, do mar e do ar, e imagine o esforço intelectual, a intuição genial capaz de harmonizá-los e dosá-los na medida certa, extrair dos seus rudes invólucros as carnes mortas para ativar todos os sabores, combinando suas propriedades para se encantar com as volúpias que a natureza nelas embutiu, e que teriam permanecido adormecidas, desconhecidas e inúteis se a inteligência e o paladar dos humanos não estivessem lá para obrigá-los a revelar seus deliciosos segredos.

Mas interrompo aqui esse esboço sumário de uma filosofia da culinária transcendental.

Outra razão me ajudou a decidir. Nesse momento em que a França só reconquistou sua liberdade ao custo de profundos sofrimentos e avalia, diante do futuro, suas glórias passadas, de modo a estabelecer, por assim dizer, o inventário dos seus tesouros frente aos desafios do amanhã, acredito que poderia ser útil para o seu porvir discorrer com convicção e amor a respeito de uma arte por meio da qual ela sempre superou todas as outras nações.

A grande e nobre culinária é uma tradição de nosso país; é um elemento secular e significativo do seu charme, um reflexo da sua alma. Modificando e simplificando um pensamento de Brillat-Savarin, podemos afirmar que em todos os outros países as pessoas se alimentam, mas que somente os franceses sabem comer. Na França, sempre soubemos comer, da mesma forma que soubemos construir palácios incomparáveis, tecer admiráveis tapeçarias, fundir esplêndidas estátuas de bronze, fabricar móveis inigualáveis, e criar estilos imediatamente pirateados pelo mundo inteiro, assim como criar modas que fazem sonhar as mulheres de todas as latitudes. Isso porque, para dizer tudo: nós temos bom gosto.

Etérea, requintada, sábia e nobre, harmoniosa e precisa, clara e lógica, a culinária francesa está intimamente atrelada, por misteriosas relações, à genialidade dos seus maiores homens. Existe uma distância menor do que se imagina entre uma tragédia de Racine, por exemplo, e um jantar concebido pelo maravilhoso e competente anfitrião que foi Talleyrand, para citar apenas um grande gastrônomo. O sentido de ordem, a pureza do prazer, a dignidade da sensação e o amor da perfeição pertencem à mesma raça do poeta e do gourmet.

Se a mortadela, em nada desprezível, impressiona, afeta, mexe com os sentidos, se as geleias rosas escoltando o "rehbraten à la sauce jaunâtre", e se as almôndegas da Floresta Negra são pesados, espessos e maciços como também o são a filosofia, a arte e a literatura alemãs, existe na quiche lorraine, no foie gras do Périgord ou na bouillabaisse marseillaise, ou no *cul de veau angevin*, ou no *civet savoyard* ou no *gratin dauphinois*, toda a requintada riqueza da França, todo o seu espírito, toda a felicidade dos seus dias bons e ruins. Da mesma forma, toda a seriedade que se esconde sob os seus encantos, todo o seu pendor para a intimidade livre, toda a sua malícia e todo o seu bom senso, todo o seu espírito de economia e de abastança, toda a sua força substantiva, toda a alma de sua rica terra, fecunda e bem laborada. E da qual suas aves, seus molhos perfumados, seus delicados legumes, seus frutos suculentos, sua carne saborosa e seus vinhos precisos, suaves e ardentes são manifestações abençoadas.

    A culinária francesa nasceu da terra galo-romana. Ela é o sorriso dos seus campos férteis. A França não será mais a França no dia em que se comer aqui tal qual em Chicago ou Leipzig e se beber como em Londres ou Berlim. A paixão pela gastronomia é inata à nossa raça. Nós não podemos, nós não sabemos encarar com superficialidade o augusto ofício de cozinheiro. Vou me lembrar pelo resto da vida que, em 1916, ao percorrer os campos de batalha da região de Champanhe, de Reims bombardeada, de Fismes ameaçada, de Soissons semidestruída, serviram-me pratos copiosos, tais como eu nunca havia degustado, em tempos de paz, nem em Nova York, nem em Viena, nem em Constantinopla.

    Imbuído de tais ideias, eu cometi então o crime de tentar lançar nestas tantas páginas, em meio aos soldados cobertos de glórias, às proezas dos diplomatas e dos ministros encarregados da desafiadora missão de reconstruir um mundo, os líderes populares preocupados em fazer justiça àqueles que detêm a fortuna, a memória da figura talvez ultrapassada desse idoso magistrado aposentado, compatriota do ilustre autor de *A fisiologia do gosto* (Brillat-Savarin), que, das profundezas de sua província do Jura, consagrou sua vida e sua paixão a uma das mais importantes tradições nacionais.

    Dodin-Bouffant é gourmet assim como Claude Lorrain é pintor e Berlioz é músico. Ele é de estatura mediana, bem constituído e gordo com elegância e dignidade. Tem os cabelos quase brancos. Não usa bigode nem barba, mas ostenta fartas costeletas. Ele fala pausadamente e fecha os olhos quando deseja se interiorizar, profere aforismos sem pedantismo, aprecia as tiradas maliciosas e até mesmo um tanto quanto indecorosas. Na hora da sobremesa, gosta de contar a amigos bem escolhidos passagens da sua juventude. E essa é a única razão que o faz preferir o vinho da Borgonha ao de Bordeaux. Ele vive tranquilamente em sua propriedade familiar. É um sábio e um francês tradicional.

QUATRO ARTISTAS E EUGÉNIE CHATAGNE

Uma tarde escaldante na praça da Prefeitura completamente deserta e tomada por uma luminosidade ofuscante. Só existe vida nas tílias queimadas e empoeiradas. O calor e o vazio invadiram o Café de Saxe, a antiga hospedaria provincial na qual o duque de Courlande se dignou a degustar certa vez um fricassê acompanhado de três garrafas de um simples e agradável vinho da região.

A penumbra do salão, protegido por surradas cortinas amareladas, é pontuada pelas manchas amarronzadas dos quatro tamboretes forrados de couro falso, pelo mármore antigo das mesas e pelas transparências verdes, vermelhas e amarelas das aguardentes, dos licores e dos aperitivos que ficam em volta do patrão, protegido pelo balcão, com essa auréola etílica multicolorida. Gordo e lustroso, lento e careca, em mangas de camisa, ele observa uma clientela aparentemente inabitual e que, por estar o tempo todo sendo perturbada pelas suas tentativas bruscas de afastar uma invasão de moscas que teimam em pousar nas dobras da sua gordura, parece carregada de um grande sofrimento e uma angústia generalizada.

Esse sofrimento e essa angústia assolam também, sem dúvida alguma, as almas de dois clientes que ruminam um mesmo problema diante de xícaras de café vazias, escoltadas pela complicada geringonça cheia de tubos e de aquecedores na qual se prepara esse precioso líquido. O mais magro, ou, melhor dizendo, o menos gordo, ergue lentamente — de suas mãos apoiadas pelos longos braços no mármore da mesa — uma cabeça branca, no que diz respeito ao cabelo, e extremamente vermelha, no que concerne à pele, e desvela assim a face na qual o olhar é imediatamente capturado por lábios tão curiosos que chamam a atenção, tão finos e longos que parecem degustar eternamente na garganta um néctar do qual eles procuram absorver todo o sabor.

— Será que Dodin resistirá a esse golpe? É a derrocada de uma vida inteira.

Essas palavras desconsoladas, proferidas por Magot com voz trêmula, se transformaram em um silêncio que nem mesmo o zumbido das moscas indomáveis ousaria perturbar. Magot está largado no tamborete, deixando entrever a proeminência de uma barriga um tanto estufada, mas que ainda não pode ser considerada grotesca, e sobre a qual parece querer exibir para admiradores inexistentes uma imponente corrente de ouro.

Ele mastiga um bigode que cai sobre a boca, desses fartos e feitos para escorrer o vinho depois de bebê-lo, e que deixam seus proprietários com o desejo de evitar as mais suculentas sopas, caso contrário perderão tempo demais desengordurando o bigodão. Seus olhos, pequenos e alegres, ficam estranhos quando, como agora, certo desgosto se mistura ao seu natural contentamento. Percebe-se que, neste momento, ele está sofrendo uma dessas dores que, para um homem tão corpulento, um pequeno detalhe pode tornar ridículo.

— Ah! Eu não ouso nem sequer pensar no que ele está passando — responde Beaubois, após um instante de reflexão.

Beaubois é tabelião; Magot é criador de gado.

O clima de catástrofe que paira sobre a estalagem atinge também os únicos dois outros clientes. Um pouco distantes, na expectativa de um acontecimento cuja real natureza ignoram, eles interromperam o carteado. São hóspedes eventuais, caixeiros-

-viajantes cuja conversa animada cessa de súbito ante a atmosfera sinistra que paira sobre a cidade. Estão visivelmente incomodados por testemunhar de forma involuntária os sinais precursores de uma grande dor íntima.

Sim... sobre toda a cidade, pois os raros transeuntes visíveis nesse momento sufocante caminham sem pressa e se cumprimentam com um leve aceno de cabeça, atravessam toda a praça, chegam até o café, porém não se atrevem a descer os degraus de entrada, inquirindo com um movimento de cabeça o patrão — orgulhoso em se encontrar no centro de acontecimentos extraordinários —, em busca de novas notícias. Depois, eles lançam um olhar para Beaubois e Magot com a expressão inescrutável daqueles que se compadecem dos que vão sofrer, ao mesmo tempo em que se regozijam intimamente pelo fato de terem sido poupados do infortúnio.

Beaubois, obedecendo inconscientemente ao hábito e também para se consolar, enche outra vez sua taça de vinho com o líquido dourado e espesso da garrafa bojuda. Examina com rapidez o rótulo da garrafa, que ele conhece de cor e salteado, aspira a borda da taça bem firme em sua mão, sorve um bom gole, passa a língua pelos lábios e cerra os olhos.

— Cinquenta e seis anos! É cedo demais para morrer.

Os passantes, ainda pouco numerosos, apesar de já ter passado das duas da tarde, detêm-se um instante e começam a conversar em voz baixa, avançando depois atrás do dr. Rabaz, que atravessa a praça apressado, com os ombros curvados e a cabeça pendente com o jeito pomposo e reflexivo característico dos portadores de notícias importantes, ou das pessoas padecendo de fortes dores estomacais.

Algumas pessoas o interpelam, mas ele responde apenas com um leve menear de cabeça. A emoção o impede de falar. Ele tem em uma das mãos um grande lenço, que não se sabe se é usado para secar as lágrimas ou simplesmente o suor, e, com a outra, ele comprime uma porção indistinta do próprio corpo, que bem pode ser o coração ou o estômago.

O patrão do Café de Saxe o avista de longe e comenta com Magot e Beaubois, para prepará-los para o inevitável:

— O doutor!

Ambos já estão de pé e de frente para a porta, sem reação, desamparados.

O patrão sai de trás do balcão, os dois caixeiros-viajantes também se levantam, sem saber muito bem por quê. Do alto da escada de acesso ao café, o dr. Rabaz contempla os cinco homens, tensos pela longa espera. Procurando recuperar o fôlego, ele aperta o chapéu com a mão crispada, enxuga continua e maquinalmente o rosto coberto de suor e anuncia:

— Tudo acabou! Ela faleceu há pouco...

Ele acrescenta, embora talvez seja inútil, para espectadores que não o escutam mais, essa explicação não muito científica:

— Foi uma veia que estourou.

O café mergulha em morno estupor, dominado após essa breve intervenção pelo silêncio do sofrimento, bem diferente do silêncio da expectativa. Agora a tristeza está presente, é real e palpável. Mas agora todos sabem do ocorrido, não há mais temor ou espera. A ameaça foi consumada, a tragédia não é mais hipotética, já ocorreu... Existe certo sentimento de alívio pelo fato de a incerteza ter se dissipado.

Os caixeiros-viajantes, excluídos do grupo dos enlutados, retornam ao refúgio das suas bebidas, das suas taças, dos seus jornais, das listas de clientes e cartas de baralho. Eles interrogam o patrão, que se aproxima abotoando o colete para adotar um ar mais digno e adequado à situação, assinalando também que não era indiferente à tragédia e que sentia muito pelo ocorrido.

— Verdade.

— Nem me falem, senhores! A perda é irreparável. Esses senhores — disse, apontando Beaubois, Magot e o dr. Rabaz —

são provavelmente os mais requintados gourmets da França. Não existem paladares mais requintados em todo o país. Pois bem, se vocês os tivessem escutado falar a respeito dessa artista após cada refeição!... Colossal. Era simplesmente estupenda. Eu mesmo tive certa vez a honra de degustar sua culinária. O senhor Dodin-Bouffant, depois que eu conseguira para ele um licor de ameixas destilado em 1798, me enviou em agradecimento um patê de peito de peru ao vinho Madeira. Ah! Meus senhores, quem não provou não pode imaginar!

Rabaz, Beaubois e Magot comentavam a tragédia em voz baixa. Os detalhes técnicos, fornecidos pelo médico, misturavam-se estranhamente com as lembranças de galinholas impecáveis, de trufas brancas invencíveis, de tortas de natas, de coelhos à moda do Pai Douillet, de frangos novinhos. E os três homens — inclusive Rabaz, cuja face rechonchuda e barbada exibia todos os sinais do materialismo cético e desabusado dos velhos médicos que já viram muita gente morrer — sentiam crescer sob suas pálpebras o tépido calor das lágrimas.

Sim, por que não? Afinal, Eugénie Chatagne, a cozinheira de Dodin-Bouffant, havia falecido! Ela desaparecera na plena florescência da sua genialidade culinária. Essa artista incomparável, abençoada com todos os dons gastronômicos dos quais, durante dez anos à mesa do mestre célebre em toda a França, eles eram os beneficiários enternecidos.

Excepcionalmente bem dotada para as grandes obras da gastronomia, sob a alta direção do rei dos gourmets, do deus da boa mesa, perfeita, ela lhes havia prodigado as sensações mais raras, as emoções mais absolutas, conduzindo-os aos píncaros do puro regozijo sem máculas. Eugénie Chatagne, intérprete inspirada das intenções superiores que a natureza insere em todo e qualquer elemento comestível, havia — graças ao refinamento, ao talento inato, às pesquisas, ao paladar refinado e à infalibilidade na execução — retirado a culinária da rude materialidade, para elevá-la, soberana e absoluta, à altura das regiões transcendentais das mais sofisticadas realizações humanas.

Os três, Rabaz, Beaubois e Magot, eram seguidores fervorosos e competentes do grande culto, degustadores irrepreensíveis, amadores inigualáveis. E não era a Eugénie Chatagne que o trio devia tudo isso? Não havia sido ela quem fizera florescer neles suas próprias vocações gastronômicas?

Não havia sido ela quem lhes educara o paladar, da mesma forma que o músico educa a audição do seu discípulo e um pintor a visão do seu pupilo? Nesse momento, pensaram nisso.

E nas lágrimas, que um tolo pudor retinha emocionado, havia o reconhecimento das alegrias do passado e dos prazeres que ela lhes havia reservado para o futuro. Na escola de alta cultura de Dodin-Bouffant, Eugénie havia ampliado prodigiosamente seus dons naturais, adquirira uma maestria, uma ciência, um domínio do ofício, uma autoconfiança e uma habilidade em manejar e combinar sabores que a tornaram célebre de Chambéry a Besançon, de Genebra a Dijon, nesta região europeia na qual a culinária havia atingido, sem dúvida, o ápice da sua evolução. Eugénie Chatagne era tão famosa quanto seu mestre, o próprio Dodin-Bouffant, o Napoleão dos gourmets, o Beethoven da culinária, o Shakespeare da boa mesa! Príncipes haviam tentado em vão penetrar nessa singela sala de jantar, na qual somente os três convivas devidamente dignos eram admitidos. Quantas delícias plenas e definitivas esses três eleitos haviam saboreado! Eles pranteavam hoje a memória dessas lembranças gustativas, assim como as recordações da fraterna cumplicidade, das confidências trocadas, da plenitude desfrutada e compartilhada por toda e qualquer pessoa dotada de cérebro e de coração ao degustar um velho Borgonha encorpado ou o divino perfume de terra que emana de uma trufa perfeita. Para lhes proporcionar esses prazeres, Eugénie, a valente Eugénie, não havia recusado vantajosas ofertas de trabalho de um soberano, de um ministro e de um cardeal?

Rabaz se recompôs, controlando um pouco a aflição, e disse com tristeza:

— Dodin vos aguarda. Pediu-me para levá-los até ele.

Resignados, Beaubois e Magot pegaram seus chapéus para sair, temerosos de encarar o sofrimento do amigo.

Na rua em aclive, algumas pessoas já comentavam o ocorrido, lançando olhadelas furtivas e solidárias em direção à porta da casa onde Dodin-Bouffant chorava. Eles cumprimentaram respeitosamente os três amigos que suspiravam ao caminhar. Diante das janelas cerradas, sob o singelo pórtico de acesso à casa enlutada, Beaubois se deteve, inquieto, com seu chapéu na mão e verbalizando o pensamento costumeiro dos bons vivants pouco afeitos à ideia da morte:

— Não tenho palavras. Não sei o que dizer. Palavras não significam nada em momentos como este.

Eles empurraram a porta entreaberta. No corredor avistava-se, pela porta de vidro, um jardim modesto, mas com muitas plantas, no qual pertences do dono da casa — sua bengala, seu chapéu, seu sobretudo — pareciam abandonados e infinitamente tristes, espelhando desalento e catástrofe.

À direita, duas portas. À esquerda, uma porta e uma escada desembocavam no estreito corredor mobiliado apenas por um porta-casacos. Magot empurrou com delicadeza a porta da direita que, apesar da precaução, emitiu um forte rangido. Ele esperava, em seu íntimo, que Dodin não estivesse ali atrás, pois estava com um medo atroz de se encontrar diante desse homem que, tão de repente, viu sua vida virar de cabeça para baixo.

Com as mãos cruzadas às costas, Dodin-Bouffant andava de um lado para o outro em sua biblioteca. Ostentava um ar solene com seu paletó negro e a gravata dupla de cetim, também negra. Seu belo crânio com os cabelos bem aparados, enquadrado por costeletas já grisalhas, tinha a expressão grave que evidenciava o grande esforço desprendido para manter a serenidade. Beaubois ficou muito aliviado depois de ter feito um primeiro contato. Todas as sutilezas desse rosto, impregnado por uma inteligente e delicada sensualidade, eram veladas por um corajoso mas infinito sofrimento. O lábio superior, aristocrático e carnudo, tremia como se ele procurasse conter o choro. Emoldurados, cardápios célebres dividiam o espaço das paredes com gravuras maliciosas, formando manchas acinzentadas na penumbra do quarto. Alguns poucos pontos luminosos refletiam-se no dourado envelhecido das encadernações dos livros.

Em silêncio, o mestre estendeu a mão aos seus companheiros de nobres comilanças, depois reiniciou o ir e vir mudo pelo aposento, deixando os olhos passearem pelas estantes repletas de obras clássicas da filosofia e da gastronomia, amorosamente organizadas e conservadas. Sentou-se enfim em sua escrivaninha, com os cotovelos apoiados sobre a papelada espalhada, o queixo sobre as mãos e os olhos fixos em determinada prateleira da biblioteca. Os olhares dos três amigos seguiram então a mirada do mestre. Eles estavam todos ali — em suas encadernações verdes ou rosas, portfólios ou encadernações de couro —, os livros ilustres: *Os jantares da corte*; *As cozinhas burguesas*; *A fisiologia do gosto*; *O almanaque dos glutões*; *O cozinheiro imperial*; *A enciclopédia da cozinha famosa* e tantos outros que conservam para as futuras gerações as gloriosas tradições das velhas províncias francesas. Quase todos os dias, durante os longos anos nos quais ela havia colaborado com Dodin-Bouffant, Eugènie Chatagne havia meditado sobre uma das páginas dessas magníficas compilações de uma arte ainda não devidamente reconhecida, mas que, no entanto, reúne em uma síntese imprevista o engenho, a sofisticação, a polidez e a deliciosa frivolidade da raça galo-romana.

Dodin-Bouffant contemplava, nessa hora de luto, esse precioso recanto de sua biblioteca, no qual ele havia reunido com deleite os produtos da obra efêmera, gloriosa, sem defeitos e continuamente renovada, que ele havia edificado em companhia da falecida.

Esse ex-presidente do Tribunal do Júri que havia herdado de sua tradicional família de juristas não só uma filosofia serena para levar a vida e julgar a humanidade com cética complacência, como também o pendor atávico por uma existência epicurista e confortável, sentia-se atingido no âmago mais sensível e profundo do seu ser pelo desaparecimento da parceira cujo talento havia se combinado perfeitamente com sua própria genialidade.

Seria possível recusar essa solene e suprema homenagem às qualidades que ele havia consagrado ao serviço da arte culinária, depois de tê-la consagrado durante três décadas à prática da justiça dos homens? Sim, gênio! Essa surpreendente combinação, tanto em suas funções quanto em seu culto, entre a ousadia e a tradição, o formal respeito às regras e a fantasia e a inovação! A genialidade, a faculdade prodigiosa de criação definida por um conjunto de princípios refletidos e intangíveis, pelo senso de harmonia e pela compreensão extremamente penetrante dos caráteres, das necessidades, das circunstâncias e da fatalidade. A genialidade e as prodigiosas descobertas de sua imaginação!

Era a essas disposições naturais de Dodin-Bouffant que a sociedade devia tanto as sentenças inspiradas por um profundo conhecimento jurídico, assim como por grande compaixão pelo ser humano, que haviam criado jurisprudência, quanto as audazes e bem-sucedidas invenções gastronômicas. Dodin-Bouffant havia ousado, antes de qualquer outro, combinar pescados e aves, por exemplo, e encantar o perfume de um capão bastante marinado com um molho no qual dominavam camarões e linguados…

Seus olhos se afastaram das estantes da biblioteca e contemplaram, por um longo tempo, Rabaz, Magot e Beaubois, imóveis e encaixados, por assim dizer, no sofá em forma de concha. Os três giravam os respectivos chapéus nas mãos angustiadas.

— Venham vê-la, disse ele de súbito.

Emocionados, eles atravessaram o corredor de entrada e penetraram na sala de visitas. Todo o vetusto mobiliário, com os perfis em madeira de nogueira, além de forração amarela e azul, havia sido empurrado para os cantos e jazia na penumbra, apoiado nas paredes.

No fundo da sala fechada, a luz amarelada, fúnebre e tremeluzente de velas iluminava o rosto da falecida, pobre coitada, que parecia haver remoçado e quase sorridente na aurora do nada, que empalidecia ainda mais sua máscara fatigada de quinquagenária. Transparecia nesse rosto, emoldurado por cabelos castanhos encimados por uma touca rendada, um ar de incontestável nobreza, de uma sofisticação plena de cordialidade. Era possível perceber que a finada possuía um sólido gosto pelo conforto e pelos prazeres materiais. Esse rosto era do tipo daqueles que reconforta o viajante acolhido na recepção de um albergue.

Sobre uma mesa próxima ao caixão, ao lado dos ramos de buxo e da água benta, Dodin-Bouffant havia alinhado o que restava nessa terra das obras-primas da pobre morta: seus menus triunfantes, elegantemente manuscritos em cartões rígidos. Uma vizinha rezava. Uma grande e irritante mosca voejava pelo aposento, esbarrando nas paredes, nos vidros e nas campânulas dos abajures, mas ninguém ousava interromper sua inconveniente sarabanda.

— Rabaz — disse Dodin, virando-se sem pressa para o médico, depois de meditar por um longo tempo ao lado do cadáver —, avise ao encarregado que eu desejo fazer um panegírico no cemitério.

Com efeito, Dodin-Bouffant discursou ao lado da cova. A cidade inteira havia testemunhado sua dor, de modo que ele achou apropriado glorificar a falecida e fazer a apologia de uma arte que ela havia engrandecido, esclarecendo seus nobres princípios e sua filosofia, para restituir à culinária, no espírito vulgar do povo, a dignidade que ela merecia.

E ali, naquele humilde cemitério de província, sombreado, florido, refrescado pela brisa vinda do riacho próximo, em meio às tumbas modestas de mortos obscuros daquelas paragens, Dodin-Bouffant falou em um tom mais profundo e solene do que aquele com o qual costumava abrir os julgamentos públicos do alto de sua cadeira de magistrado-presidente:

— Senhoras e Senhores,

"As exéquias de Eugénie Chatagne, segundo meu desejo, devem ser apoteóticas. Esse é o voto fervoroso nascido de meu sofrimento: louvar a minha devotada colaboradora de tantos anos, prestando a merecida homenagem que injustamente lhe é negada. A arte culinária, senhoras e senhores, exige, por intermédio das minhas palavras, o espaço que lhe cabe junto das artes nobres, suas irmãs, na primeira fila das maiores realizações humanas. Ouso afirmar que, caso uma aberrante insensibilidade não negasse ao paladar a mesma capacidade que concede sem contestação à visão e à audição de gerar arte, Eugénie Chatagne teria lugar assegurado no panteão das nossas sumidades, entre os grandes pintores e os grandes músicos.

"As riquezas da inventividade, da preciosa sapiência para combinar tons, sabores e nuances, uma incomparável intuição da dosagem, da harmonia, das oposições e das aproximações, o talento, enfim, de evocar para satisfazê-las, todas as necessidades de nossa sensibilidade são, por acaso, apanágio exclusivo dos combinadores de cores e dos arranjadores de sons?

"As obras-primas da culinária são efêmeras, dirão vocês! Obras sem futuro, rapidamente dissipadas pelo esquecimento do tempo! Mas obras duráveis e, com certeza, mais primorosas do que as dos virtuoses e atores que vocês aplaudem. As geniais criações de um Carême ou de um Vatel, assim como os achados prodigiosos de um Grimod de la Reynière ou de um Brillat-Savarin não continuam ainda vivos em vossas memórias? Muitas das pinturas de mestres por um dia desapareceram de circulação, ao passo que ainda degustamos o untuoso purê do chef de um Soubise ou o frango do cozinheiro do vencedor de Marengo. Minhas senhoras e meus senhores, eu atribuo àqueles que acreditam que nós comemos apenas para nos alimentar a vergonha de se igualar ao primitivo homem das cavernas. Essas pessoas são como aquelas que preferem o som de uma corneta de chifre de boi às obras de Lully e de Beethoven, ou as canhestras pinturas rupestres dos pré-históricos aos quadros de Watteau e Poussin. Nossa sensibilidade é una. Quem a cultiva o faz em sua totalidade, de tal forma que ouso afirmar que é um falso artista aquele que não é um gourmet, da mesma maneira que um falso gourmet é alguém que nada compreende a respeito da beleza de uma cor ou da sublimidade de um acorde.

"A arte é a compreensão da beleza pelos cinco sentidos. Portanto, é indispensável, eu afirmo, saber apreciar a alma fugidia e perfumada de um vinho de excelência para ser capaz de compreender o sonho fulgurante de um Da Vinci ou o rico mundo interior de Bach.

"É uma grande artista que nós pranteamos hoje, senhoras e senhores. Eugénie Chatagne exerceu uma arte que também tem sua nobreza própria. Sua lembrança irá persistir na memória humana. Minhas mãos piedosas e meu coração agradecido vão erigir em seu louvor, com o material que ela nos legou e que eu reuni, o monumento que ela merece: o livro que ela irá assinar, do fundo do seu túmulo, para transmitir à posteridade a essência da sua genialidade.

"E, senhoras e senhores, caso abandonasse essas grandes tradições das quais Eugénie Chatagne foi uma grande representante, a França renegaria um dos elementos do seu prestígio e destruiria um dos maiores florões de sua glória. Estou na idade em que se apreciam os bons livros clássicos e, mesmo sem invocar os testemunhos que nossos ancestrais deixaram, eu apelo para os viajantes estrangeiros dos séculos passados. Eu leio em seus relatos, eu leio em suas cartas, que ao chegarem à fronteira do país natal depois de concluírem seus périplos, eles olhavam para trás, para o reino da França que acabavam de percorrer e deixavam seus corações se preencherem uma última vez pelo sentimento do seu poder, permitiam que seus olhos contemplassem mais uma vez nosso céu e suas narinas aspirassem pela última vez o perfume delicado de nossos alimentos, frutos sofisticados do nosso solo. Um deles citou, no século XVI, as rotisserias e as caves da França como maravilhas equivalentes aos seus castelos e às suas paisagens. Outro, no século XVII, extasiou-se a um só tempo com o poder militar de Luís XIV, a excelência da comida de nossas hospedarias e o gênio de nossos escritores. No século XVIII, inúmeros turistas que visitaram nosso reino cantaram quase que liricamente todos os produtos gastronômicos de nossas províncias, enquanto um deles afirmou ter sorvido a alma da França no Clos du Roi de Vosne-Romanée e degustado seu corpo na deliciosa mesa de todas as hospedarias em que parou.

"Senhoras e senhores, não conviria ao meu coração dilacerado expressar em minúcias todos os meus pensamentos diante dessa tumba que logo será fechada. Mas desejo expressar minhas sentidas homenagens e toda a admiração que sinto pela falecida. Um dos reflexos da genialidade de nossa pátria brilhou em você, Eugénie Chatagne! Você elevou e brandiu com firmeza o estandarte de uma arte que, como todas as outras, possui seus heróis e seus mártires, suas dúvidas e suas inspirações, suas alegrias e suas tristezas. A terra vai se fechar sobre uma nobre mulher que conquistou seu lugar na primeira fileira dos artífices da cultura e do refinamento humanos."

E, naquela noite, todas as cozinheiras da cidade, algumas famosas, encararam seus fogões com ar sério e sonhador. Algumas delas viram surgir, entre as chamas do braseiro, a alvorada do próximo reconhecimento.

DODIN, VÊNUS E A GOROROBA

Nos dias subsequentes à morte de Eugénie Chatagne, Dodin-Bouffant fez suas refeições no Café de Saxe, levando esse tranquilo estabelecimento ao paroxismo da angústia e do terror. Duas vezes por dia, a cozinheira enviava, apavorada e trêmula, os pratos que confeccionava com esmero para a mesa em que o célebre gourmet comia, com ar severo e impenetrável. O patrão, buscando dissimular seu mal-estar e seu temor constante por uma explosão de desprezo, mergulhava nas contas e nos livros de contabilidade, esperando a cada segundo o estrondo da voz irritada de seu cliente. Porém Dodin-Bouffant, resignado, não reclamava de nada.

Convencido de que, pela memória da falecida, não devia deixar morrer a arte que ela havia tão bem personificado e, por outro lado, decidido a continuar a comer tão bem quanto no passado, Dodin-Bouffant, após uma semana de mortificação, publicou no jornal local um anúncio de primeira página no qual declarava em termos graves que uma difícil sucessão estava aberta e que ele receberia com a máxima boa vontade todas as postulantes que possuíssem não só bastante experiência, mas também paixão sincera pelo culto da culinária, como verdadeiras devotas.

Para dizer a verdade, Dodin-Bouffant não esperava que uma segunda Eugénie Chatagne pudesse surgir para embelezar sua existência nem satisfazer, por um lado, seus gostos estéticos por uma culinária superior e, por outro, é preciso admitir, os desejos menos sofisticados dos seus sentidos, ainda juvenis, aos quais sua carreira provinciana não havia oferecido mais do que satisfações medíocres. É bem verdade que Eugénie Chatagne havia somado à sua virtuosidade culinária o amável abandono de sua pessoa, não desprovida de charmes em seus tempos de juventude, quando começou a trabalhar para o magistrado aposentado.

Convicto de que não se deve pedir à vida duas vezes seguidas o privilégio de bênçãos excepcionais e a dádiva de encontrar em seu caminho um ser de elite, excepcional, capaz de atender ao mesmo tempo aos prazeres da carne e da boa mesa, Dodin-Bouffant estava firme em sua decisão de se contentar apenas com um bom talento culinário, caso o encontrasse, e disposto a buscar o atendimento aos prazeres sensuais em outra pessoa.

As ousadas cozinheiras que se apresentaram para o exame do mestre tinham, na maioria dos casos, grandes opiniões a respeito de si mesmas. Algumas pensavam, em segredo, que talvez tivessem exagerado o refinamento da casa. Outras, ao cruzar o portal da residência, nem sequer se davam conta do absurdo das próprias pretensões.

Dodin-Bouffant recebia cada candidata em sua biblioteca. Ele se levantava educadamente quando elas entravam e, por via das dúvidas, concedia a todas o benefício da possível genialidade, pedindo-lhes que se acomodassem em uma confortável poltrona, após o que lhes fazia com muito tato algumas perguntas. Indagava acerca das suas famílias, da idade delas, da vida em geral e das experiências de trabalho, enquanto seu experiente olhar de juiz examinava seus rostos em busca de possíveis sinais do talento culinário. Antes de tudo, ele observava se os lábios eram carnudos, escrutinando seu formato para desvendar em sua mobilidade, espelho de uma sensibilidade aguçada, o tremor característico, que indica o desenvolvimento inabitual desta porção do rosto. O que buscava, enfim, era a "fisionomia gulosa", indicadora de um provável talento culinário. Eliminava de imediato aquelas que possuíssem queixos pontudos ou quadrados; era preciso que as postulantes tivessem ali uma forma arredondada que sugerisse a necessária sensualidade. Ele lia nos olhos delas algumas coisas indefiníveis, mas que não o enganariam nunca.

Quando o exame preliminar não indicava razões suficientes para levar a entrevista adiante, ele encontrava boas desculpas para interrompê-la. Quando, ao contrário, encontrava boas razões para seguir em frente, ele prosseguia, no tom cerimonioso que lhe era peculiar, em direção a considerações gastronômicas. Muito embora não esperasse das suas interlocutoras profundas reflexões e tampouco novas revelações acerca das técnicas de sua arte, ele conseguia discernir com clareza nas respostas breves, inábeis ou envergonhadas, o que havia de inteligência, instinto e real vocação em sua interlocutora. Ora ele proferia uma heresia, para suscitar uma reação reveladora, ora afirmava francamente seu gosto pelas carnes assadas na brasa ou proclamava a necessidade de harmonizar o tipo da lenha usada à carne a ser assada. E, mesmo quando ele constatava entre as candidatas a ignorância destas verdades elementares, detinha-se a observar nelas o efeito produzido por suas declarações, deduzindo das suas reações o que elas porventura poderiam oferecer.

Às vezes, no meio de uma entrevista, ele se levanta e se dirigia às prateleiras preferidas da sua biblioteca, de onde extraía com um gesto ágil um raro exemplar do *Almanaque dos gourmands*, abria-o em uma página exata, com a experiência dos velhos bibliófilos, e dizia:

— Grimod de la Reynière escreveu: "Sexto ano, no capítulo das *ligações*: o uso imoderado dos diversos tipos de molhos e caldas representa, há mais de cem anos, toda a impostura da cozinha francesa."

Ele mantinha o livro aberto em suas mãos, inclinava a cabeça e olhava a inquieta postulante por cima dos óculos e acrescentava:

— Grimod tomou emprestada, com justa razão, essa observação fundamental de *Culinária de Saúde*, volume um, página 247. Medite, senhorita, medite!

E acrescentava, continuando a leitura:

— "Farinha e algumas féculas usadas com moderação, verdadeiros caldos de caça ou de carne, essências e reduções bem dosadas costumam fazer parte da composição de um bom molho encorpado. É a arte de combinar bem os ingredientes que faz com que os molhos ou as caldas fiquem bem feitos, encorpados na medida certa. É uma arte bastante delicada e difícil. Todavia, se essa combinação de ingredientes não está no ponto correto, ela desune em vez de unir, ao contrário do que seria seu propósito principal. Além disso, o modo como ela complementa o guisado, caso não contribua para sua perfeição, irá arruiná-lo completamente."

Então, ele fechava o livro e observava o efeito que a descrição dessas técnicas da alta culinária havia produzido sobre a aspirante à cozinheira.

Para dizer a verdade, a maioria delas ao escutar tais considerações filosóficas parecia sentir as nádegas formigando e se remexiam com aflição na cadeira. Na realidade, elas gostariam de estar em qualquer lugar bem longe dali. As ignorantes e as inconsequentes começavam a ter vislumbres de razoabilidade. As cheias de si sentiam dúvidas a respeito de si mesmas pela primeira vez. Algumas ficavam abestalhadas. Pouquíssimas sentiam vertigens ao entrever o abismo descortinado pela ciência culinária. Dodin-Bouffant reconhecia estas últimas e, tanto por piedade quanto para dissipar o mal-estar que as impregnava e acalmá-las, guardava o livro na estante e lhes propunha uma visita ao "ateliê", ou seja: à cozinha. Ele conduzia primeiro essas seletas postulantes à sala de jantar, mobiliada com móveis de carvalho encerado. Clara, luminosa e confortável, essa sala proporcionava o ambiente ideal para as mais belas inspirações. A mesa só tinha lugar suficiente para um número limitado de convivas, oito no máximo. Ele apontava para a mesa e dizia:

— A mesa deve sempre estar guarnecida não apenas de louças mas também de flores, para que os sentidos dos comensais sejam acalmados e entretidos sem exagero, para que possam se concentrar no principal: a comida.

Os guarda-louças e as cristaleiras eram bem-acabados, amplos e práticos, capazes de acomodar um grande número de peças. Sobre eles estava a robusta prataria, pertencente à família há gerações. As taças de cristal lapidado, impecavelmente alinhadas, tinham abertura suficiente para acomodar a um só tempo o nariz que aspira e os lábios que sorvem. As confortáveis cadeiras eram concebidas sob medida para proporcionar o máximo de conforto possível a quem nelas se acomodasse.

Algumas flores do campo pendiam graciosas de um vaso rústico sobre uma mesinha sem estilo definido.

Uma parede envidraçada ocupava o fundo do aposento, abrindo-se para um pequeno jardim impecavelmente tratado, muito verde e iluminado por gladíolos em plena floração e por gerânios em botão. Uma temperatura amena e deliciosa reinava nesta sala durante o ano inteiro. Os 16ºC que o fogo da lareira assegurava durante o inverno eram mantidos durante o verão graças a um engenhoso e complicado sistema de aeração. Nas paredes destacavam-se duas gravuras um tanto quanto atrevidas: um retrato de Grimod em ponta seca e um quadro ostentando um grupo de codornas abatidas diante de um caldeirão de cobre muito luminoso.

A entrada na cozinha provocava sobre as candidatas um verdadeiro choque. De repente, fosse qual fosse a alta opinião que elas tivessem a respeito do próprio talento, elas se sentiam diminuídas, humildes, ínfimas, inexistentes.

A cozinha era gigantesca, iluminada por janelões protegidos por telas finas que deixavam o ar penetrar, porém impediam o ataque das moscas e dos demais insetos. O olhar era atraído em primeiro lugar pelo enorme fogão que ocupava toda uma parede e terminava diante de um grande depósito de lenha. Ao seu lado, uma porta se abria para a fonte situada no jardim. Esse fogão possuía uma enorme assadeira para espetos, acompanhada de outra menor, dois fornos, um dos quais era chamado de "campestre", inventado para que um prato pudesse ser feito embaixo ao mesmo tempo. Possuía também três grandes bocas projetadas para fornecer respectivamente, fogo alto, brando e médio. Havia também uma seção especial para o cozimento de pescados e outra exclusiva para o preparo de bolos, tortas e doces. Enfim, grande parte deste imenso fogão era reservada à cozinha com o fogo de lenha.

Ao lado do fogão, ao alcance da mão da oficiante, uma verdadeira botica de gastronomia estava repleta de um número infinito de ingredientes, de temperos, de pimentas, de aromas, de garrafas de essências, vinagres, vinhos, azeites, xaropes, tudo meticulosamente etiquetado. Um grande porta-louças transbordando de pratos, uma mesa especial para cortar e picar, outra mesa menos pesada, ainda que de bom tamanho, pareciam perdidos nesse templo da gastronomia de dimensões amplíssimas. Em duas prateleiras superpostas era possível avistar um número expressivo de panelas de ferro fundido, travessas, caçarolas e panelas de barro, tabuleiros, frigideiras, assim como panelas especiais para o tradicional *pot-au-feu*. O cobre, outrora raro, se multiplicara pouco a pouco, porque Dodin-Bouffant percebera que os utensílios de barro que ela havia preferido durante um bom tempo acabavam ficando impregnados por partículas de gordura fria retidas nos seus poros. As janelas eram floridas pelo lado de fora. Duas tabuletas se destacavam nas paredes imaculadas. Na primeira se lia:

"A mais completa limpeza é exigida."

Na outra:

"É formalmente proibido, sob pena de demissão imediata por justa causa, o uso de essências industriais nos temperos e nos molhos."

Nesse santuário, a visitante intimidada e, logo em seguida, apavorada, dava-se conta enfim de todas as complicações e de todo o requinte de uma arte prodigiosa. Percebendo, então, a grandeza e a gravidade de sua missão, acabava perdendo rapidamente a cabeça.

As palavras de encorajamento de Dodin-Bouffant, que ela percebia vagamente em virtude da aflição, não eram capazes de lhe restituir a tranquilidade.

— A senhorita está sem dúvida alguma emocionada pela grande sombra daquela que aqui reinou, mas, caso passe a frequentar esse "ateliê" ela se tornará em pouco tempo familiar e conselheira. Neste local, sua personalidade se fortalecerá e se revelará. Assim, a senhorita talvez seja capaz de criar obras-primas.

Quando o mestre e sua aspirante ao cargo de assistente culinária retornavam à biblioteca, Dodin-Bouffant deixou primeiro que a calma penetrasse na alma da infeliz que, de outra forma, teria declinado de imediato da honra incrível de colaborar com as alegrias gastronômicas de um especialista tão renomado. Não teria tido o crescimento pessoal que ele pensou em obter durante o correr de sua vida pelo fato de poder servir um mestre tão célebre. Talvez, na porção menos nobre e mais materialista do seu coração, ela pensasse também nos interessantes proventos financeiros que poderia aferir com a realização dos festins diários do patrão. Passado esse momento de recolhimento, Dodin-Bouffant dizia:

— Deixe-me, minha filha (ele se dirigia assim até mesmo às candidatas mais velhas), fazer-lhe algumas perguntas. Perdoe-me, mas é urgente nós estarmos bem informados um a respeito do outro.

Ele se dirigia a essas mulheres com grande respeito, por medo de não ser suficientemente deferente em relação a uma possível grande artista desconhecida que estivesse em meio a elas, sem ter consciência da própria grandeza. Ele as tratava como iguais.

— Uma boa refeição, minha filha, deve sempre estar em harmonia com a idade, a condição social e o estado de espírito dos convidados a degustá-la.

Ele não esperava encontrar alguém tão excepcional a ponto de possuir intuição suficiente para descobrir por conta própria essa regra refinada da gastronomia. Nesse domínio tão delicado da organização de refeições requintadas, contava apenas com sua educação, sua experiência e gosto pessoal. Todavia, ele ansiava secretamente pela ocorrência de um impossível milagre, procurando aferir até que ponto o instinto reforçava a ciência na candidata.

A aspirante ao posto de cozinheira arregalava os olhos ao mesmo tempo em que sentia um frio mortal descer ao longo da espinha, em meio às costas úmidas de suor.

— Imagine que eu deseje convidar — prosseguia Dodin — um grupo de celibatários de meia idade, médicos e negociantes abastados e... Calma, minha filha, não se aflija, diga o que você pensa...

Retificando, aprovando ou ajudando a postulante, Dodin-Bouffant compunha o cardápio ideal, agindo como o membro de uma banca examinadora que deseja beneficiar um candidato específico. Ele mesmo formulava as respostas, analisava as motivações das escolhas feitas pela postulante, combinando a sucessão de pratos com o caráter e a vida privada dos supostos convidados. Quando ele descobria, no meio dessas laboriosas elucubrações, algo que pudesse indicar uma educação metódica e competente prenunciadora de futuros resultados satisfatórios, ele acrescentava:

— Até agora nós tratamos apenas dos aspectos teóricos, minha filha, nós temos tudo para nos entender, se aceitar trabalhar docilmente sob minha orientação. Mas será preciso realizar um teste prático. Retorne amanhã, às oito horas, por favor. Você preparará meu almoço, que deve ser servido ao meio-dia em ponto. Quando eu me levanto, às sete horas, costumo comer apenas frios e ovos, de modo que a arrumadeira é perfeitamente capaz de providenciar meu desjejum.

Dodin-Bouffant passou por poucas e boas durante esses testes. Durante dias a fio ele degustou, com um misto de paciência resignada e horror, refeições deploráveis: frangos fritos e soterrados por montanhas de tomates; carnes com refogados malfeitos; perdizes secas e esturricadas; guisados de vitela com molho ralo e a carne dura; lebres esquálidas e com um molho sem gosto; batatas fritas sem crocância; feijões sem refogado. Tudo isso como se na França, o país que transformou a gastronomia em uma das belas artes, Dodin-Bouffant não fosse capaz de encontrar uma cozinheira tão capacitada quanto a finada Eugénie Chatagne. É preciso dizer, no entanto, que o impecável e genial Dodin-Bouffant não admitia, no que concerne à arte culinária, nenhuma falha, pois seu paladar tão refinado descobriria até mesmo o gosto de um grão de pimenta a mais ou uma pitada de sal em excesso. Suas papilas gustativas bem treinadas sabiam muito bem discernir alguns minutos a mais ou a menos de cozimento. Assim, é forçoso reconhecer que Dodin-Bouffant dispensou em seus testes cozinheiras que, no entanto, tiveram seus talentos previamente louvados por gourmets de renome... Para ele, talento não bastava; era preciso perfeição.

Quantas vezes, durante as longas pesquisas empreendidas após a morte de Eugénie Chatagne, depois de ter judiciosamente degustado e analisado alguns bocados dos pratos propostos por uma cozinheira considerada *cordon bleu*, Dodin-Bouffant abandonou a própria mesa — sem rancor, diga-se — para ir almoçar no Café de Saxe, cuja comida, banal para ele, era, no entanto, bastante apreciável. Ele era capaz de aceitar com resignação a mediocridade em um café ou uma estalagem, mas nunca em sua própria casa, onde ele só podia conceber a suprema perfeição.

Dodin enfrentou assim semanas amargas, nas quais sua casa foi invadida por mulheres baixinhas, gorduchas e bochechudas com olhos infantis e cabelos ralos e lustrosos; por mulheres magras e altas, ostentando nas cavernas de suas faces o amargor da virgindade involuntária; por mulheres nem muito gordas, nem muito magras, insignificantes como as figurantes de operetas italianas, ostentando chapéus de palha sem cor, excessivamente ornamentados com flores de tecido fino já puído e desbotado. Nenhuma delas, ao partir, deixou em Dodin-Bouffant a esperança de encontrar um talento nato que ele poderia cultivar de forma adequada. Sua grande alma se enchia de tristeza e melancolia... Assim, durante esse período nefasto, ele passou a consumir mais, sem, todavia, descambar para o excesso etílico, o Bordeaux Clairet, um vinho leve, fresco e solidário, que ele desejava profundamente da cave do Café de Saxe. Para ele a única glória desse estabelecimento, um vinho singelo, porém envelhecido da maneira correta, de excelente safra, cultivado na melhor porção banhada pelo Sol do vinhedo local. Um vinho que surpreendia a boca com sua límpida simplicidade, encantava com sua vaporosa leveza e que, suavemente descia, ou melhor, insinuava-se garganta abaixo e, no fundo do estômago, ainda era capaz de perfumar os lábios com um aroma de amoras sangrentas.

Certo domingo de setembro, ao abrir a porta, a arrumadeira anunciou a Dodin-Bouffant, com um estranho sorriso, que "uma pessoa esperava por ele na sala de visitas". Resignado e pouco convicto, ele entrou em sua biblioteca e disse simplesmente:

— Mande-a entrar.

Uma criatura perturbadora penetrou no aposento. Bastou uma olhadela para que Dodin, arguto conhecedor, discernisse sob o tecido florido e um tanto desbotado o corpo escultural e os seios firmes e fartos da visitante. Em um rosto de desenho sedutor, olhos ingênuos e submissos insinuavam ondas de carícias sob longos cílios deslumbrantes. Ela não usava chapéu, deixando as mechas selvagens e louras, entremeadas de reflexos delicados, enquadrarem sem mascarar a fronte expressiva e vivaz. A decência e a modéstia da jovem indicavam uma dessas vidas preservadas da sedução que às vezes desencaminha, ao final do expediente, algumas trabalhadoras. Ela poderia se dedicar, com certeza e sem reservas, à felicidade clandestina dos patrões amantes das paixões calmas, íntimas e subalternas preferidas pelos coronéis reformados, os comerciantes avarentos ou os estudantes inexperientes. A dona de casa que porventura acolhesse em seu lar uma sereia do fogão como essa, poderia estar certa de ser bem servida e, de quebra, manter preso em casa o marido... Dodin-Bouffant, ao realizar o interrogatório preliminar na biblioteca, aproximou um pouco mais do que de hábito sua cadeira da poltrona na qual acomodara a candidata. Ele esfregava nervosamente as mãos sobre os joelhos, como se desejasse provocar um fenômeno de imantação no tecido das calças. Ao cabo de certo tempo, achou inclusive mais prudente manter as mãos nos bolsos. Para dizer a verdade, o fato é que, no decorrer dessa entrevista, a obra de Grimod de la Reynière, com sua elegante encadernação de couro, ficou esquecida na prateleira da biblioteca. Dodin nem sonhava em levantar-se da cadeira, que ele havia aproximado mais ainda da poltrona na qual tronava a deslumbrante jovem. Todavia, essa entrevista preliminar evidenciou, para sua tristeza, a completa e insuperável incompetência culinária da postulante, atitudes medíocres e uma experiência praticamente nula.

    Qualquer outra seria descartada de imediato. Inclusive, Dodin-Bouffant havia eliminado sem remorsos candidatas muito mais inteligentes e qualificadas que essa Agnès, porém menos detentoras da mesma profusão de atributos divinos dignos de apreciação. Ele esperava entrever, de um momento para o outro, o lampejo no olhar que iria permitir enfim que ele conciliasse em uma maravilhosa síntese as obrigações da arte culinária com o deleite dos seus desejos carnais. E, para permitir que esse lampejo rompesse o céu obscuro, para dar ao milagre o tempo de se produzir, para provocá-lo, ele fez para a tímida e inexperiente debutante as honras, bem prolongadas, da sala de jantar e da cozinha, calculando com esperteza a passagem das portas para ter a oportunidade de roçar um pouco nela. Ele sentia, no entanto, que, apesar do fogo ardente suscitado por esse contato, toda a nobreza do seu ideal iria sofrer lamentáveis revezes e vergonhosas derrotas. Alegando audaciosamente que uma doméstica deve conhecer bem o ambiente no qual irá trabalhar, Dodin-Bouffant a fez visitar o quarto de hóspedes e o banheiro e, contando com a ocorrência de algum acontecimento imprevisto, ele chegou, num súbito impulso, até a mostrar a ela seu próprio quarto, sem que o espectro da finada Eugénie Chatagne viesse incomodá-los. A jovem manifestou, durante toda essa visita um entusiasmo bastante restrito, resignando-se sem dúvida alguma ao fato de que toda e qualquer vontade expressa por seu futuro patrão deveria ser atendida. Dodin, afogueado e dominado por ondas de desejo, avançava suas mãos em direção a apalpadelas que ele coibia de imediato, procurando resguardar-se com a frágil lembrança de sua missão e as obrigações de sua glória. Possuir essa garota equivaleria a assinar um contrato sem remissão e entregar sua reputação às mãos inábeis e incultas de uma aprendiz lamentavelmente incapaz de qualquer tipo de aperfeiçoamento. Equivaleria a atirar a arte ressuscitada e defendida por ele — Dodin-Bouffant — à completa decadência e aos compromissos inconfessáveis; equivaleria a exaltar as piores e mais vulgares gororobas, como se fossem dignas de serem qualificadas como alimentos. O mestre foi heroico, porém, é evidente, de um heroísmo um pouco covarde. Sem que ele pudesse conceder ao próprio espírito a mínima ilusão, foi obrigado a reconhecer que essa magnífica criatura só poderia fazer parte do grupo que preparou as piores refeições, entre as candidatas que haviam se apresentado. Todavia, para prolongar a presença desta jovem que provocava nele uma excitação inequívoca, ele continuou — como se não tivesse ainda se decidido — a interrogá-la, ao mesmo tempo em que tentava, movido por supremo e quase incontrolável pudor, preservar sua fala das insinuações libertinas que o tentavam de forma quase que incontrolável. Por fim, tendo esgotado todos os seus dons de oratória, disse:

— É imprescindível, minha filha, que você me ofereça uma prova prática daquilo que você é capaz de fazer. Tenho aqui três trutas de bom tamanho, pescadas essa manhã mesmo, um belo frango e alguns belos salsões. Prepare meu jantar, por favor. Eu janto às sete horas em ponto.

Dodin-Bouffant passou o dia agitado. Ele tentou atenuar seus persistentes desejos no Café de Saxe, onde ele perdeu, sem nem mesmo se dar conta, uma partida de xadrez; após o que ele fez uma caminhada às margens do rio. Ele tentava inutilmente afastar seus pensamentos das imagens libidinosas que se insinuavam em sua mente, desejos de abraços tórridos e de volúpia, que atormentavam um espírito onde a arte pura, casta e nobre conservava apenas os seus direitos. No entanto, às vezes a visão das glórias deslumbrantes da velha cozinha francesa passava e repassava diante dos seus olhos desvairados, como estandartes dilacerados em meio a uma ardente tempestade. O objetivo, o sentido e o propósito de sua vida eram descortinados por súbitos lampejos em meio às trevas, evocando tentações similares às de Santo Antônio. Em sua imaginação superaquecida, os nomes e as faces dos grandes chefs, dos famosos gourmets, ou de simples comensais, misturavam-se lamentavelmente aos projetos amorosos que ele fazia para depois do jantar...

Dodin-Bouffant sentou-se à mesa convicto de que iria degustar uma refeição intragável, porém movido pela contraditória certeza de que o milagre tão esperado seria realizado e que teria enfim uma revelação. Ele quase não ousou elevar o olhar acima das lamentáveis trutas que tinha diante de si, molemente estendidas em uma travessa de prata. O molho inominável nas quais elas se banhavam o estremeceu em autêntico desespero. A cautelosa garfada que ele deu em um filé que poderia ter sido magnífico, arruinou suas últimas esperanças. Em vão, ele buscou nas cabeças dos peixes, que tinham uma consistência estranha e estavam odiosamente cozidas, as feições dessas perdizes de rio das quais gostava mais que tudo. De resto, pouco a pouco, o odor de manteiga malcozida e de cebolinhas ainda cruas emanava do prato, instalava-se no aposento e causava náuseas ao gourmet. O belo espécime estava, não era mais possível dissimular, irrevogavelmente massacrado e arruinado.

Ele apoiou o guardanapo sobre o pão morno e inútil e, tendo chegado às últimas tratativas com sua consciência, não hesitou um minuto sequer em partir em direção ao Café de Saxe. Mas ela estava ali, bem perto dele, na cozinha. Ele abriu a porta da biblioteca e teve, por um momento, um tremor de revolta: será que ele não seria dono da própria vida? Ninguém, caso ele houvesse se contentado em se conformar com uma comida sem glória, seria capaz de criticá-lo pelo fato de introduzir em sua casa uma criatura tão graciosa. A partir dessa noite, ele iria mantê-la e transformá--la em sua amiga querida, aceitando com independência e em plena consciência sua intragável culinária.

Dodin-Bouffant tinha, para assegurar sua posteridade, uma longa história de triunfos, de inesquecíveis realizações culinárias, de maestria incontestável, que lhe davam o direito de organizar ao seu bel prazer seus derradeiros dias. Mas eis que agora sua boca se enchia de um gosto de gordura queimada, de legumes terrosos, de carne calcinada... Na febre de Vênus que comprimia suas têmporas ele vislumbrava a cidade, a região, a França inteira, sentadas à mesa e obrigadas por sua culpa a consumir pratos vergonhosos e repugnantes. Ele estava persuadido de que sua deserção significava o fim das velhas tradições que ele havia ressuscitado com tanta glória. Ele sentia todo o peso de uma celebridade que começava a se espalhar por toda a parte, obrigando-o a assumir o duro e cansativo papel de árbitro da boa mesa. A arte que ele havia resgatado da ignominiosa decadência e à qual ele havia consagrado sua vida inteira vinha cobrá-lo do desvio para as charmosas farinhas carnais que seu desejo sensual começava a engendrar.

O chamado ao dever era contaminado pela visão fantasiosa de seu quarto bem fechado, repleto da intimidade de uma noite invernal e banhado pela suave luz dourada de um abajur. Nada se movia mais na casa e tampouco na rua. A cama estava semidesfeita sob o peso confortável de um voluptuoso edredom e, diante dele, perto das suas pantufas em tecido bordado, a linda jovem se desnudava e sua carne fremente e ardente enviava, através das peças de roupa prestes a cair, apelos à luxúria.

Dodin abriu a porta para chamar a funesta cozinheira que, na cozinha já saqueada e bagunçada, sem ter consciência da inquietação causada por sua beleza e o horror provocado por sua culinária, aproveitava com ingenuidade para comer os pedaços de frango que já haviam sido desdenhados por seu hipotético futuro patrão. Sem entrar, Dodin-Bouffant fechou novamente a porta. Ele foi tomado de repente por outros perfumes que invadiram suas narinas e acariciaram as mucosas do seu palato: inefáveis codornas inundavam em sonho seus sentidos excitados com seu aroma robusto; a terra maravilhosa condensava em adoráveis trufas brancas seus poderosos sabores; um rosbife celestial, veludo rosa e terna manteiga, gotejava diante dos seus olhos inundados por uma suculência sem igual.

Ele não iria mais degustar essas delícias... Ele não poderia mais transmitir esse esplendor nem a tradição que o gerou.

Possuído por súbito sentimento de calma, Dodin-Bouffant chamou a Vênus cruel:

— Não, minha filha... decididamente, não. Eu preciso de alguém muito mais experiente. Estude, aprenda, trabalhe... Talvez mais tarde... Deixe seu endereço comigo.

O QUARTO APÓSTOLO

Dodin-Bouffant possuía uma série de judiciosos mas rígidos princípios, além de numerosas leis referentes à culinária e sua degustação. Afirmava entre outras coisas que as circunstâncias exteriores de um jantar, por mais perfeito que este pudesse ser, mereciam atenção meticulosa e vigilância estrita.

— Um quadro de Leonardo da Vinci em um sótão ou uma sonata de Beethoven executada em uma mercearia não despertariam em mim um grande interesse. A beleza necessita de um ambiente que permita acolher e reforçar todos os prazeres que ela é capaz de proporcionar e, por assim dizer, esgotar todo o potencial de delícias que ela contém...

Foi inspirado em tais convicções que Dodin-Bouffant havia montado sua sala de jantar. Ele havia estudado a decoração, a iluminação, a temperatura, o conforto e todos os demais elementos para dar a impressão de que a vida ali era fácil e natural. Nada havia naquela sala que evocasse a luta costumeira contra a hostilidade dos objetos: uma cadeira que se recusa a acomodar confortavelmente um corpo; uma frigideira tão pesada a ponto de incomodar os sentidos; um papel de parede extravagante, com um padrão desagradável aos olhos.

Contudo, o cuidado mais importante para esse grande gastrônomo era a escolha dos convivas. Ele se deixava guiar por uma intransigência quase feroz, pois a experiência o havia levado a só admitir em sua mesa os espíritos de elite cuja sinceridade fosse tão grande quanto a erudição, cuja sensibilidade olfativa fosse tão grande e refinada quanto o paladar.

Nos primeiros tempos do seu renome, com o entusiasmo da juventude e o orgulho pela arte resgatada do esquecimento, ele havia acolhido diante das delícias de sua cozinha todos aqueles que solicitavam o privilégio de experimentá-la. Assim, ele havia visto desfilar diante de si os indignos e incompetentes, os falsos gourmets e os desprezíveis bajuladores! Ele foi obrigado a fazer um grande esforço para tentar dissimular a angústia e a repulsa ao escutar exclamações admirativas em relação a pratos que ele considerava deploráveis, ou, ao contrário, constatar o entusiasmo moderado ou pouco convincente diante de obras de arte da culinária que ele julgava perfeitas e que elevavam seu ser às culminâncias do prazer que seus convivas eram incapazes de atingir. Ele ficou farto com os pretensiosos incompetentes empenhados em despejar diante dele uma torrente de banalidades.

Sua opinião acerca da humanidade se tornou mais severa, então ele foi restringindo pouco a pouco o número dos seus comensais. Ele decidiu que, antes de admitir novos convidados em sua saborosa intimidade, ele iria submetê-los em segredo a duras provas. Assim, enquanto entabulava com eles, na sala de jantar ou na biblioteca, discussões gastronômicas teóricas ou práticas, ele os avaliava altaneiramente sem que percebessem. No tribunal da sua ciência, eram julgados de forma implacável tanto os profanos quanto os artistas medíocres cujas heresias, paladar grosseiro ou refinamento apenas superficial ficavam evidentes. Assim, eram depois inapelavelmente privados das delícias de sua mesa incomparável.

O rentista Bobage não foi mais convidado depois que achou ter bebido um Beaujolais, quando na verdade se tratava de um vinho incomparável, um Châteauneuf-du-Pape.

O arquiteto Capada foi condenado ao ostracismo perpétuo em virtude da incapacidade em discernir no molho cremoso da couve-flor a carícia exótica de uma pitada de noz moscada.

Um funcionário do Ministério das Finanças, que não via diferença alguma entre o rosbife de um boi da região de Nivernais e outro de um animal da região de Franche-Comté, foi riscado sem apelação da lista de comensais.

Rigaille, diretor de uma fábrica de vidros da região, cometeu duas heresias sucessivas ao término de um jantar, que selaram sua condenação ao exílio: recusou um bom bife entremeado de gordura, marmorizado e deliciosamente crocante e emborcou um copo de vinho Pommard, depois de comer um Vacherin ao café de sobremesa.

Outros tiveram semelhante destino pelo fato de serem incapazes de perceber a excessiva pitada de sal despejada sobre um purê de alcachofra; ou por terem elogiado de forma exagerada um canapé de perdiz pouco amanteigado e fora do ponto. Mês a mês, semana após semana, durante anos, Dodin-Bouffant instaurou o terror e condenou ao banimento seus compatriotas ou os simples viajantes, seus familiares ou meros visitantes, todos igualmente desejosos de se aproximar de uma pessoa cujo renome já se propagara por toda a França, na ânsia de degustar as obras de arte culinária cujas sutilezas eles eram incapazes de apreciar, mas cujo charme e prestígio os fascinava.

Essas experiências fizeram com que a alma de Dodin-Bouffant se endurecesse de forma implacável e, todas as contas feitas, só restaram em seu círculo de convivas três eleitos que haviam passado com louvor em todos os testes secretos aos quais foram submetidos. Apenas eles obtiveram o privilégio de compartilhar para sempre as delícias da sua ilustre mesa, para todos os outros a porta da sala de jantar foi definitivamente fechada.

O artista, ladeado por seus fiéis companheiros, decidiu não tentar novas experiências. Ele achava que a boa mesa só podia ser compartilhada por um pequeno número de convivas, unidos com firmeza por um ideal comum e despreocupados com a etiqueta. Convivas diante dos quais não era preciso demonstrar as amabilidades exigidas pela presença de estranhos.

Dodin-Bouffant resistiu a todas as investidas. Ricos americanos, lordes ingleses e príncipes russos que se alternavam na cidade em que ele residia, na esperança de conseguir um convite, ou faziam tratamento nas estações termais das proximidades, apelando em vão para pistolões de prestígio ou para as relações de amizade. E, menos ainda, aqueles que tentavam estabelecer contato direto com ele. Todos ficaram igualmente decepcionados. O ilustre gastrônomo chegou a justificar desta forma a recusa em receber um barão alemão, pertencente ao corpo diplomático do seu país, e que se mostrou mais suplicante e insistente que os demais: "ele pertence a um país onde nem sequer suspeitam ser possível passar pela boca de uma pessoa algo mais do que alimento!"

O próprio subprefeito, homem jovial, de grande envergadura e apetite invejável, apelou em vão para a bajulação, depois para as promessas e, por fim, para as ameaças. De nada adiantou: ele não obteve sucesso em suas tratativas e continuou tendo o acesso negado ao quarteto de privilegiados. Por cortesia, Dodin-Bouffant lhe enviou um patê frio de lagostim em agradecimento à dica, fornecida por um guarda florestal, acerca da localização de um reduto de cogumelos. Ele teve também a gentileza de compor o cardápio quando o subprefeito precisou receber um ministro, de passagem pela cidade, o que contribuiu bastante para a promoção do subprefeito, porém nunca chegou a convidá-lo para jantar em seu santuário doméstico.

Curiosamente, o temperamento intransigente e o rígido isolamento de Dodin-Bouffant não despertou entre seus concidadãos nenhuma antipatia por esse soberano da boa mesa. Ao contrário, eles tinham grande estima pelo famoso gourmet, que já havia então conquistado glória universal, pelo fato de ter nascido na cidade e nela permanecido, pois isso fazia com que os raios de sol da celebridade incidissem sobre essa localidade que até então não contava com nenhum grande homem. E a população tinha uma consciência vaga da própria insignificância em comparação com a grandeza de um artista como ele.

Sem que houvesse qualquer tipo de desejo ou premeditação de sua parte, o prestígio de Dodin-Bouffant havia crescido enormemente depois que ele se aposentara, envolvendo-o em uma fascinante aura de mistério. Ele conquistou um respeito amplo e profundo, além de uma autoridade quase religiosa que chegava a transbordar sobre os três amigos convidados com regularidade para a celebração do culto sagrado da nobre culinária. Os passantes se detinham um momento para contemplar a casa da rua Fontaine-du-Roi, onde eram elaboradas as obras-primas que a cidade e a França inteira comentavam, considerando-as inesquecíveis apesar de nunca tê-las degustado. Sua casa, com a varanda acinzentada e as janelas verdes, passou a fazer parte do roteiro turístico da cidade, junto com o Café de Saxe, a prefeitura, de belo estilo regencial, e a igreja, de ridículo estilo Rococó, na qual se encaixava, surpreendentemente, um comovente pórtico românico.

Além disso, é forçoso reconhecer que a paixão de Dodin--Bouffant infundiu em todos os habitantes da cidade um nobre sentimento de emulação.

Alguns, tomando consciência da própria pequenez em termos culinários e percebendo na paixão de seu ilustre concidadão uma fonte inesgotável de alegrias muito louváveis, começaram a buscar maior refinamento na preparação das suas refeições. Outros, movidos apenas pelo torpe sentimento de inveja, empenhavam-se em provar que eram capazes de ultrapassar Dodin-Bouffant. Ao passo que outros haviam percebido os benefícios que, tanto a cidade quanto eles próprios, poderiam auferir com a presença do ilustre gourmet. Assim, dezenas de pequenos cenáculos gastronômicos foram criados na cidade, de modo que a qualidade das hospedarias locais, que já era boa, tornou-se ainda melhor. A gastronomia francesa, nessa minúscula cidade do Jura, viveu um esplêndido renascimento sob a influência do seu grande representante.

Desnecessário dizer que Beaubois, o notário, Magot, o pecuarista, e o dr. Rabaz, comensais assíduos e fiéis de Dodin--Bouffant depois de muitos anos, os únicos discípulos iniciados, os vencedores dos testes diabolicamente engendrados pelo gastrônomo ávido em se cercar apenas por pessoas capacitadas, eram os únicos de fato dignos de ombrear o mestre, não pela capacidade em igualar o seu gênio criador, mas ao menos pelo talento em possuir os sentidos aguçados capazes de apreciar devidamente e saborear corretamente suas criações.

Contudo, em virtude de circunstâncias assaz extraordinárias, Trifouille, o bibliotecário municipal, obteve permissão para sentar-se toda semana nas amplas cadeiras com assento e encosto de palhinha, especialmente concebidas para acomodar de maneira confortável as vastas rotundidades dos três apóstolos, a fim de que eles pudessem degustar e digerir adequadamente todas as delícias.

Uma noite de inverno, enquanto Beaubois, Rabaz e Magot, saciados e desabotoados, recuperavam com a ajuda de um xerez dourado — para receber um fricassê de cogumelo porcino ao Château-d'Yquem — suas goelas um tanto sensibilizadas por um patê de peito de faisão fortemente condimentado e servido pelando, alguém tocou a campainha.

Era Bouringue, um homem sério e ofegante, que trazia nas mãos uma travessa de porcelana embalada com todo cuidado. Ele disse:

— Eu vos suplico, senhor Dodin, conduza-me rapidamente à sua sala de jantar, para que eu possa entregar esse prato antes que esfrie; eu o trouxe correndo. — Acompanhou sua fala, na medida em que sua preciosa encomenda o permitia, com a mímica de um corredor, depois emendou: — Eu vos asseguro que tenho, aqui em minhas mãos, a felicidade. Agora há pouco, na mesa de Trifouille, quando levei aos lábios essa coisa incomparável, pareceu-me um sacrilégio celebrar os santos mistérios sem o padre, se não lhe oferecesse essa prodigiosa invenção de Trifouille. Foi ele quem inventou, diante dos meus olhos, essas indescritíveis delícias...

Era preciso que Bouringue estivesse bastante seguro do que dizia, para suportar sem bater em retirada o olhar fulminante de Dodin-Bouffant. O magistrado era generoso ao extremo e indulgente com as falhas da natureza humana, por isso as perdoava, fossem elas desprezíveis ou graves. Mas ele desejava, sem qualquer traço de remorso, a morte imediata de qualquer intruso que ousasse interrompê-lo quando oficiava à mesa, seu altar.

Todavia, confundido pelo ar inspirado de Bouringue e submergido pelo fluxo de adjetivos admirativos, ele acabou, quase de forma involuntária, por conduzi-lo à sala de jantar, onde, sob a propícia e suave iluminação, seus amigos esperavam ansiosos.

Dodin-Bouffant observava em silêncio e de cenho franzido o impertinente Bouringue desempacotar com cuidado o prato. De repente, depois de derrubada a última muralha, o santuário foi invadido por um cheiro inebriante, no qual flutuavam tal qual sereias brincando, indo e voltando nas ondas, toda a frescura de manteigas suculentas misturadas ao forte perfume terroso do incontestável vinho branco Pouilly-Fumé. Tudo isso complementado pelo aroma profundo de maresia, tonificante e perturbador como o vento do oceano. E os pratos surgiram, ainda fumegantes, graças à perícia com que haviam sido embalados.

Eram dois filés, grossos e densos, de carne de lagosta, cuja admirável brancura se desvanecera sob o suave véu amarelado de manteiga derretida, separados por uma espessa camada de recheio que, a julgar pela cor quente, rosada e transparente, parecia ter sido embebido em um velho Borgonha e solidificado por milagre.

O rosto de Dodin-Bouffant relaxou de súbito, adquirindo um ar de compenetrada exaltação íntima, enquanto suas narinas dilatadas se inebriavam com esse incenso culinário. Tendo cumprido a missão sagrada que se propusera a fazer, Bouringue sentia-se agora desamparado. Depois de ter encontrado, em um momento de inspiração, o entusiasmo e a eloquência persuasiva, ele não sabia mais o que dizer e balbuciava, emocionado, palavras inaudíveis.

Dodin-Bouffant, ciente de que as boas maneiras são dispensáveis nos momentos solenes em que um ser humano é levado a questionar o sentido da própria existência, tomou para si os filés dos quais emanava o divino perfume e espetou um deles com uma garfada decidida. Cortou então um bom bocado e, depois de introduzi-lo em sua boca, fechou os olhos e se reclinou na cadeira. E degustou! Saboreou o que seu paladar afiado identificou em um átimo: duas fatias de filé de lagosta unidas por um recheio no qual se distinguia com facilidade a doçura da carne jovem de um leitão de leite, com o sabor realçado pelas chalotas e pela salga, temperado com pedacinhos de cogumelo morille e amalgamado com massa de brioche, inquestionavelmente abençoada com a suave aspersão de um Borgonha.

Quando reabriu os olhos, foi para contemplar Bouringue com um olhar inescrutável; o olhar do astrônomo que afasta os olhos um instante do telescópio depois de ter finalmente localizado um planeta desconhecido e procurado de forma apaixonada. Em seguida, disse apenas:

— Vá buscar Trifouille.

Enquanto Bouringue saía, desnorteado e com certa consciência de que tinha realizado uma grande missão predestinada a entrar para a história, Dodin-Bouffant indicou com um gesto largo o encantador prato trazido por ele, dizendo:

— Experimentem meus amigos! Creio que nós talvez tenhamos encontrado um gênio.

Nesse momento, seus lábios carnudos e suas alvas costeletas fremiam de emoção.

Quando Trifouille chegou, hesitante e com seus pequenos olhos franzidos e ardentes em um rosto oleoso e bem barbeado, Dodin-Bouffant já havia dado ordem à cozinheira para acrescentar à mesa mais um couvert, limpo e novo, no lugar de honra.

Dodin-Bouffant recebeu o autor do prato deleitável no umbral de sua casa e indagou:

— Trifouille — disse com toda imponência —, jure que o senhor é de fato o autor deste esplêndido prato de lagosta; que foi o senhor, apenas o senhor, quem concebeu, preparou e executou a receita... Jure, Trifouille.

Vermelho de felicidade, ébrio de glória, Trifouille sob o olhar curioso de Bouringue, que depois de cumprida a missão, contentava-se em tudo contemplar com olhar de admiração, através da porta entreaberta. Trifouille, o homem que acabara de arrancar um brado de contentamento do Napoleão da arte culinária, balbuciou encabulado sua palavra de honra, atestando sua autoria. Então, pegando-o cerimoniosamente pela mão, Dodin-Bouffant o conduziu até a cabeceira da mesa e disse então aos seus amigos, cujos olhos brilhavam de alegria e gratidão para com o genial inventor, talvez intuitivo e inconsciente do próprio talento, as palavras que ele não dizia há uma década, desde a admissão solene de Beaubois:

— Senhores, o senhor bibliotecário Trifouille é doravante um dos nossos. Ele é digno de ser admitido em nosso cenáculo. O autor da admirável obra de arte culinária que acabamos de degustar é um mestre, e eu me sentiria humilhado caso celebrasse sem sua presença o culto sagrado à boa mesa ao qual nós dedicamos toda a nossa existência.

Trifouille sentou-se no lugar de honra. Em seu prato foi servido, em primeiro lugar, o patê à *la Choisi*, feito, como todos bem sabem, de perdizes desossadas e recheadas com suas carcaças amassadas junto com seus fígados, trufas, toucinho e condimentos simples. Perdizes que, em seguida, foram recobertas de foies gras, bem limpos e passados na peneira, com anchovas frescas, antes de cozinhá-las envoltas em uma massa leve, devagar, na manteiga, sem esquecer-se de batizá-las, no final do cozimento, com meio copo de uma boa e antiga aguardente. Esse prato, tão representativo das nobres tradições da venerável culinária francesa, só se casa perfeitamente com um Saint-Gilles, vinho forte, de idade venerável, cujo envelhecimento espelha a generosidade da juventude perdida e temperada pelo calor tépido do seu crepúsculo.

DODIN-BOUFFANT, UM *POT-AU-FEU* E UMA ALTEZA

Sem que isso lhe provocasse o menor laivo de vaidade, a fama de Dodin-Bouffant já havia ultrapassado há muito não só os limites de sua região como também as fronteiras de sua pátria. Atestavam sua fama e seu renome a numerosa correspondência que ele recebia todas as semanas, assim como a insaciável curiosidade dos viajantes que passavam por sua modesta e bucólica cidade, onde transcorria com tranquilidade a vida do grande homem. Procurava se esquivar igualmente de todas as visitas e correspondências. Permanecia simples, modesto e bom, consagrando, com uma gravidade cada vez mais compenetrada e um ardor mais exclusivo, as forças e as reflexões de sua idade provecta à arte sutil e magnífica à qual ele desejava dar o melhor de si mesmo, para maior glória e grandeza das tradições culinárias francesas.

Depois de ler algumas páginas de receitas dos velhos mestres, capazes de restituir à cozinha e à boa mesa todas as suas cartas de nobreza e fidalguia, ele confidenciava aos seus amigos íntimos, reunidos em torno de um abajur, suas ambições secretas:

— A arte da culinária se desenvolveu até agora durante séculos tumultuados e desordenados, repletos de invenções e de belas realizações, e, verdade seja dita, séculos ricos, saborosos, abundantes e até mesmo pródigos, porém destituídos de regras rígidas e leis inquestionáveis, pelo fato de serem devedores de uma juventude exuberante, mas um tanto quanto imatura. O fato é que a boa mesa ainda não viveu seu grande século clássico. Houve nobres precursores, é inegável, porém a cozinha ainda está por ver nascer seu Pascal, seu Molière, seu Racine e seu Boileau, gênios metódicos e ordenadores, profundos e penetrantes, grandes mestres dos tons, das nuances, das oposições entre sombras e luzes, das sutilezas e dos encantamentos, árbitros e educadores do nosso paladar, criadores das regras para as futuras gerações. Ninguém duvida que esses gênios pelos quais ansiamos serão franceses, pois tudo na história culinária indica que nossa pátria está predestinada à honra de ver nascer e florescer em seu solo uma arte capaz de conquistar seu lugar incontestável e inamovível entre as outras grandes artes. Os senhores são mais jovens do que eu, meus amigos. Eu procurei, com toda modéstia, vos indicar o caminho a seguir. Agora meditem, trabalhem, estudem. Os senhores têm o privilégio prodigioso de habitar o único lugar em toda a Terra onde estão reunidos todos os materiais necessários para a realização de vossa nobre missão. Sim, meditem, utilizem a própria imaginação para efetuar novas combinações e criar novos gostos: a reflexão e a experimentação são as mães de todas as grandes descobertas; desenvolvam seus talentos gustativos...

Um dia, o semanário da província, *La Charte*, anunciou na coluna "Ecos da Região", a vinda iminente de D..., príncipe herdeiro da Eurásia.[2] O dr. Rabaz leu a notícia para Dodin-Bouffant na hora do almoço. O gourmet, vestido com um terno leve, estival, estava negligentemente instalado em uma confortável ca-

---

2 País imaginário com nome fantasia, pois, como se sabe, a Eurásia é a massa formada em conjunto pela Europa e pela Ásia. [N.T.]

deira de palhinha, na borda do gramado de seu pequeno jardim discreto e sombreado. Dali, seu olhar sonolento ultrapassava o castanheiro do jardim para se perder na linha azulada e ondulante da cordilheira do Jura, enquanto ele bebericava com pequenos goles um licor de cerejas com canela e coentro, ao passo que o dr. Rabaz entremeava a leitura das notícias relevantes com generosas lapadas do nobre elixir aveludado que Bouscarat, produtor de Clermont-Ferrand, havia conseguido fazer superar no gosto popular o licor de Garus. A paz silenciosa das tardes de agosto envolvia os dois homens.

Dodin não pareceu conceder muito interesse à chegada do ilustre príncipe na região.

Ao chamado de Adèle, eles passaram à mesa. A sala de jantar, imersa na semiobscuridade, estava fresca, confortável e misteriosa. Nesse dia, o almoço dos dois amigos era bastante singelo: embutidos de pescado, feitos com enguia, carpa e lúcio moídos e misturados com miolo de pão embebido em leite. Tudo isso misturado com uma boa porção de manteiga derretida, com o sabor realçado por condimentos, ervas finas, clara e gema de ovos e um pouco de creme. Tudo isso cozido primeiro em fogo brando, depois envolvido em uma pele fina e cozido outra vez em fogo baixo. Havia também lagostins fritos, depois o paladar se concentrava na paleta de cordeiro assada, seguida do patê de língua de boi e do refogado de aspargos e ervilhas que preparava suavemente a chegada da torta de peras, acompanhada de sorvete e de biscoitinhos de flor de laranjeira. Os vinhos também eram modestos: as entradas eram servidas com um Arbois fresco e espirituoso; os pratos principais com um gracioso, porém mais sério, Saint-Péray; os legumes com um bom Jurançon; ao passo que um Rancio bem espanhol realçava a doçura das pâtisseries.

Foi somente na hora dos aspargos que Dodin-Bouffant comentou a notícia do *La Charte*:

— Esse príncipe da Eurásia é — disse ele, como se tivesse desenvolvido uma ideia em seu íntimo —, segundo dizem, uma criatura muito amável. Ouvi dizer que, para um homem de seu valor, o seu serviço de mesa é excelente e que ele só admite em sua mesa carnes suculentas, abundantes e combinadas com habilidade.

O dr. Rabaz ficou bastante surpreso com tais comentários, pois seu ilustre amigo costuma ser extremamente parcimonioso com os elogios.

Eles tomavam o digestivo na biblioteca, com café fervente, licor de nozes e limão, quando o trote ritmado de dois cavalos bem sincronizados silenciou diante da casa.

Adèle atendeu ao chamado e, depois de anunciar o visitante, introduziu, com a devida aquiescência do mestre, um conselheiro bem barbeado, vestido com uma calça feita de um tecido amarelado vindo de Nanquim, na China, presa ao pé, e um jaquetão bem cintado de corte impecável. O visitante, que ostentava um topete romântico e tinha gestos precisos e elegantes, fez uma reverência e disse:

— Meu mestre, o príncipe da Eurásia — disse ao se inclinar —, enviou-me para convidá-lo para jantar. Sua alteza tem plena consciência da audácia deste convite. Ardente admirador do artista que o senhor é, ele conhece, por intermédio dos relatos que recebe periodicamente acerca da sua vida, que o senhor vive em reclusão meditativa, desconfiando justificadamente dos demais gastrônomos. Mas sua alteza ousa esperar que o senhor lhe conceda a honra de uma exceção, já que ele se considera, do fundo do coração, vosso discípulo. E, mesmo sem se atrever qualquer tipo de comparação com vossa genialidade, ele consagrou boa parte da existência à arte na qual o senhor é mestre, procurando obedecer aos vossos princípios. Infelizmente sua alteza não tem condições de concentrar todas as suas energias apenas à paixão da boa mesa, mas adquiriu a convicção de que a perfeição na arte da culinária é tão importante e grave quanto os negócios de Estado.

"Sua alteza enviou para o senhor seu segundo chefe de cozinha, pois o primeiro está acamado em virtude de uma febre maligna. Ele chega amanhã, para colaborar com o chefe de cozinha que ele fez especialmente contratar pelo hotel para bem atendê-lo."

O dr. Rabaz antecipou uma recusa pura e simples, porém a gentileza do emissário havia seduzido Dodin-Bouffant, mexendo com seu orgulho mais nobre e recôndito. Ele sentiu prazer pelo fato de que um príncipe de um país longínquo o homenageasse considerando-se discípulo de seu esforço e da a maneira de pensar. Além do mais, o mensageiro não transmitira no ardor do convite a admiração irrestrita e lisonjeira do herdeiro da Eurásia? Sua reputação de refinado conhecedor não era garantia suficiente para o gastrônomo de que ele não seria obrigado a se rebaixar? Um chefe de cozinha viera ao seu encontro de cantões longínquos da Europa; um príncipe lhe enviara um embaixador para homenageá-lo. E não um príncipe qualquer, mas um príncipe celebrizado pela sofisticação do seu bom gosto, o fausto da sua mesa, a suntuosidade dos mil detalhes que devem envolver um festim. E esse príncipe não merecia, em prol de sua própria glória, assim como da glória de seu convidado, organizar um jantar quase apoteótico?

Dodin-Bouffant aceitou o convite e designou o dr. Rabaz como seu acompanhante.

No dia aprazado o sol ardente inundava os campos de luminosa alegria, fazendo com que o calor incrementasse o perfume bucólico das colheitas. Uma caleche descoberta veio buscar os convidados do príncipe. Dodin-Bouffant vestia um sóbrio traje preto de estilo francês, com calças curtas, meias de seda e sapatos com fivelas elegantes. Portava, além disso, uma espada na cinta. O dr. Rabaz estava com um redingote escuro, calças brancas e um chapéu de feltro de seda de pelo longo.

A viagem foi um encantamento. A montanha azul parecia longínqua em meio à bruma tépida. O gado, já deitado na campina fresca, ruminava ervas odorantes. Os telhados de choupo das aldeias resplandeciam de luz e de alegria. Até a sombra das árvores estava impregnada de claridade. Toda a estrada estava feliz, e as perdizes agitavam os trigais com suas loucas correrias sem rumo, como uma brisa rasante. Dodin, apontando para uma lebre que passava sob as patas enlameadas de uma vaca, diante das pedras cinzentas e irregulares do muro baixo de um vinhedo, exclamou:

— Que terra admirável! Veja só que síntese poderosa, Rabaz: o animal, o creme, o vinho... um completo ensopado de lebre!

Às margens de uma lagoa, semicoberta pela abóbada formada pelos carvalhos que lhe fornecia um pouco de frescor, insetos de água voavam baixo, zumbindo e dançando, enquanto todo o esplendor da vida do verão cantava em suas asas irisadas.

O oficial de serviço os aguardava no pátio das carruagens, então recebeu o mestre e seu acompanhante da caleche empoeirada, conduzindo-os até o príncipe que os convidou a sentar, dispensando toda e qualquer formalidade com grande simpatia. Um criado ofereceu-lhes vermutes: creme fresco de absinto temperado com canela e licor de cidra frapê. Dodin-Bouffant mantinha-se digno e discreto, proferindo de quando em quando, pausadamente, aforismos que arrancavam olhares admirativos de sua alteza real quando conseguia captar seu significado profundo.

Anunciou-se então o momento de se passar à mesa, ornamentada com um gosto discreto e requintado. A louça e a decoração circundante exibiam uma suave tonalidade azulada, repousante para os olhos e especialmente concebida para que não se desviasse do objetivo principal: a contemplação dos pratos.

— Mestre — disse o príncipe, dirigindo-se ao seu convidado —, eu não sou daqueles que pensam que o cardápio de um festim deva ser examinado de modo furtivo, com o canto do olho, como se tivéssemos vergonha de fazê-lo. Não alimento desejos de ostentação, mas gostaria de pedir-lhe a autorização para que meu oficial de serviço efetue a leitura do cardápio do jantar que teremos a honra de vos oferecer.

POT-AU-FEU E SUA ALTEZA

Os três convivas prepararam-se para escutar a leitura com ar contrito.

— Queira anunciar, senhor oficial — ordenou o príncipe.

Com uma das mãos sobre a empunhadura da espada, o oficial começou a leitura, com voz forte e grave:

— As sopas serão:
"Uma de consomê de pombo,
Uma de codornas com o caldo especial *à la reine*,
Uma de lagostim,
E uma de linguado recheado.

Para o prato intermediário, um javali. Nas duas extremidades, um patê royal, uma terrina de faisão com trufas verdes.

Os aperitivos serão:
Um espetinho de perdiz temperado com ervas finas e essência de presunto,
Uma pequena almôndega de rolinha,
Dois salsichões à *la dauphine*,
Uma brochete recheada.

A entrada principal será:
Dois frangos recheados, ao molho de creme de leite,
Coelhos à *la Saingaraz*,
Pássaros ribeirinhos servidos com ostras.

Os vinhos para esse primeiro serviço serão:
Após a sopa: Xerez seco;
Os brancos: Carbonnieux, Langon, Meursault e Pouilly;
Os tintos: La Chaînette, Thorins e Saint-Estèphe.
E, enquanto o segundo serviço estiver sendo preparado, serviremos vinho Malvasia do Chipre e Madeiras."

O oficial fez uma reverência, saudando os presentes com seu chapéu bicórneo ornamentado com um penacho malva e dourado, as cores da Casa Real da Eurásia, e continuou:

— O segundo serviço terá dois pratos precedendo os quatro grandes pratos de assados:

"Um de tamboril do lago de Genebra à vestal e outro de trutas de corredeira à *la Chartreuse*.

E os pratos de assado serão:
Perus à *la daube*,
Costeletas de boi ao molho holandês,
Peito de vitela ao pontífice, acompanhado de timo de vitela, preparado do mesmo modo, e bolinhos da mesma peça de vitela,
E um pernil de cordeiro em filés recheados.
Serão utilizados quatro molhos:
Molho picante,
Molho de pobre,
Molho de amoras selvagens com gengibre,
Molho à *la nichon*.
E três saladas:
De ervas,
De laranja,
E de azeitona.
Entre um prato e outro deste serviço, para atenuar o gosto dos assados e das saladas:
Cogumelos Cantarelos recheados,
Cristas de galo ao champanhe,
Aspargos,

Assados em *rocher*,
Ovas de carpas ao molho bechamel,
Trufas ao molho marechal.

Os vinhos deste serviço serão:

Os brancos: Haut-Preignac, moscatel de Frontignan, Jurançon e Seyssel;

Os tintos: Côte Saint-Jacques, Cortaillod-en-Neuchâtel, Richebourg e Romanée-Conti.

Enquanto a mesa para o terceiro serviço estiver sendo preparada, serviremos:

Sorvetes ao licor de Marasquino,
Vinhos de Tokay, de Grenache e de Lacryma Christi."

O oficial de serviço fez outra reverência, saudando com o chapéu bicórneo, e continuou:

— O terceiro serviço terá, no que diz respeito às sopas:
"Uma açorda de peito de frango,
Um caldo de *métonnage*,
E uma sopa à base de pernil em banho-maria.

Como entradas:
Cabeça de salmão,
Coelho à moda do Pai Douillet,
Ganso à *la carmagnole*,
Cotovia gratinada,
Terrina de codorna.

Como aperitivos, antes da entrada:
Linguiças de peixe,
Bolinhos fritos ao creme de baunilha,
Patê de foie gras em cinzas.

As sobremesas serão de quatro tipos de compotas, cremes e geleias:

Compota de marmelo em geleia vermelha,
Compota de pêssegos assados,
Creme de avelãs,

Geleia de violetas.
Haverá também:
Laranjas doces e peras em aguardente,
Açúcar-cande de canela e narcisos,
Waffles ao vinho de Espanha,
Rosquinhas e churros,
Marzipã em lagos de amor,
Macarons ao licor,
Sorvetes de rosas, de romãs e bérberis,
Doces de amêndoas,
Queijos gelados
E refrescantes águas aromatizadas com funcho, pistache e orchata.

Os vinhos deste serviço serão:
Os brancos: Yvorne, Rochecorbon, Puy-Notre-Dame e Vouvray;
Os tintos: Chambertin, Mouton-Lafite, Hermitage e Lunel.
Depois virão os champanhes tintos de Bouzy, Verzenay e do Porto.
Por fim, o café de Moka e os licores brancos de damasco de Grenoble, de moscatel e de anis."

A leitura deste opulento cardápio provocou alguns franzires de cenho nas olímpicas sobrancelhas de Dodin-Bouffant. Não porque ele tenha se emocionado com o grande número de pratos, pois era daquele tipo de homem nos quais a delicadeza dos gestos, a compostura, o comedimento, a distinção e a atenção elegante para com o interlocutor dissimulam com habilidade a amplitude do seu apetite. Esse gourmet não temia qualquer tipo de cardápio, nem que fosse obrigado a permanecer à mesa uma noite e um dia inteiros, mas ele sabia apreciar a boa mesa com tal requinte que fazia esquecer seu fabuloso apetite. Fosse qual fosse a abundância de uma mesa, ele a encarava com forte determinação, mas com tal distinção que parecia comer apenas com a ponta dos lábios. Dodin-Bouffant sentia-se plenamente capaz de enfrentar o desafio proposto pelo príncipe da Eurásia, porém havia percebido alguns solecismos chocantes na composição de alguns pratos, assim como na sucessão dos sabores. Solecismos inspirados, com certeza, no anseio do anfitrião em impressionar os convivas e não na sincera busca de harmonia.

Portanto, como pratos ele teria preferido ao pequeno javali um novilho ensopado com pistache, considerando-se que o prato da direita era majestoso, enquanto a terrina de faisão, à esquerda, fazia acumular carnes quentes de gostos contrastantes, combinadas sem harmonia. Para essa ocasião especial, tratava-se de pratos de caça em uma sucessão mal concebida. Além disso, no que concerne às entradas, Dodin-Bouffant reprovava o fato de se abafar a suavidade da perdiz com essência de presunto, da mesma forma que aceitava apenas sob grandes restrições o fato de comer o segundo assado depois de um peito de carne branca, pois teria preferido uma marinada para assegurar a transição. Um vinho Cortaillod fresco o chocava muito misturado ao generoso ardor de um Côte Saint-Jacques , um Richebourg ou um Romanée.

O almoço se desenvolveu segundo o estabelecido pelo cardápio, com somente algumas pequenas falhas na ordem dos vinhos e, em consequência, na harmonização com os pratos que eles deveriam escoltar, sem mencionar a escolha inadequada da safra. É coisa certa, como Dodin-Bouffant explicou depois ao dr. Rabaz, que o Saint-Estèphe de 1817, mais suave e menos violento, teria se adaptado melhor do que a safra de 1819 ao sabor um pouco delicado do creme que recheava os dois frangos da entrada principal do primeiro serviço.

Dodin-Bouffant observou também que a massa, a qualidade e o grau de cozimento dos pães servidos não eram sabiamente combinados com os pratos que acompanhavam, pois é evidente que não se deve em absoluto oferecer, sem qualquer tipo de critério, roscas, broas, brioches, pães de Viena, com qualquer tipo de carne ou vegetal. Os pratos se sucediam e a satisfação se estampava cada vez mais claramente no rosto do príncipe, orgulhoso da abundância das comidas e da qualidade das bebidas oferecidas com generosidade, enquanto as feições de Dodin-Bouffant, o rei dos gourmets, tornavam-se cada vez mais severas e até mesmo mais críticas. Como era cortês por natureza, ele procurava dissimular inutilmente sua decepção, porém deixava transparecer uma expressão um tanto quanto insultuosa. O oficial do dia percebeu isso de imediato, passando a exibir um ar de desdém e reprovação. Era evidente que um total mal-entendido começava a se instaurar entre as duas altezas.

O dr. Rabaz, requintado por natureza e, por profissão, grande conhecedor da natureza humana, observava o crescente descontentamento do mestre, aprovando sem reservas o rigor de Dodin-Bouffant, porém tentando atenuar a hostilidade latente por ser meio gorducho e aumentando o apetite. Ele encontrava-se preocupado com suas tentativas de conciliação e teria dado metade da sua clientela para livrar-se do aperto e ousar desabotoar sua sobrecasaca.

Dodin-Bouffant comia, mais por obrigação do que por gosto, como um homem leal que busca suportar suas provas até o fim sem reclamar, sem emitir juízos parciais antes de conhecer todos os dados disponíveis. Ele comia com aplicação e determinação, degustando sem hesitar todos os pratos e consumindo todas as bebidas que o sommelier se apressava em repor conscienciosamente. A abundância de pratos requintados e de bebidas finas não era suficiente para abalar o sangue frio de Dodin-Bouffant, que o príncipe da Eurásia invejava e admirava com sinceridade.

Todos falavam lenta e pausadamente, como se os temas agora limitados deixassem poucas opções inofensivas antes do fim do banquete.

A sobremesa surgiu enfim. Sua alteza que, seguindo o costume dos grandes personagens, não contemplava a si mesmo da mesma forma como olhava para seus convidados, não parecia absolutamente tocado pela morna recepção do seu ilustre conviva. Deslumbrado pelo banquete que ele oferecia, não podia imaginar que os convidados não estivessem também deslumbrados, ainda que, dono de si mesmo, ele não tivesse atingido o grau de beatitude em que se interpretam sempre favoravelmente as dúvidas alheias. Estavam na hora mágica em que os mortais de pouca importância, bem servidos e alimentados, decidem de súbito conquistar a glória, enquanto os próprios soberanos decidem, por eles mesmos, reinar de forma justa e benéfica.

Os charutos, trazidos das ilhas a preço de ouro em caixas bem arejadas, evocavam os corpos ardentes dos nativos. Além disso, as aguardentes e os digestivos eram irrepreensíveis, o que conferiu ao final da refeição um pouco de descontração e serenidade.

Dodin-Bouffant e o dr. Rabaz se despediram do príncipe da Eurásia com grande cortesia, mas o mestre não conseguiu se privar de envolver os agradecimentos em algumas nuances quase imperceptíveis que evidenciavam sua incapacidade de fingir de forma convincente.

No momento em que a caleche virou, no final da grande aleia de carvalhos que dava acesso ao anexo do hotel, exclusivamente reservado para o príncipe e sua comitiva, Dodin não conseguiu mais se conter e disse:

— Que pena, meu pobre Rabaz, ver assim desperdiçados tantos bons elementos e tantas preciosas iguarias! Você teve a oportunidade de verificar por si mesmo com essa grande lição o que tenho lhe dito ao longo de tantos anos. Esse príncipe infeliz — e a Eurásia deve estar feliz pelo fato de que ele se alinha entre seus melhores elementos — ainda vive no tempo dos bárbaros. As obras de arte que ele nos serviu são substanciosas, abundantes e ricas, porém destituídas de luz e claridade. Falta ar, falta propósito, falta lógica! Tradições, porém sem regras. Um desfile de iguarias, porém sem nexo intrínseco: quantos equívocos na ordem dos pratos e na harmonização dos sabores! Qual é o sentido que existe em servir sucessivamente um consomê de pombos e uma sopa de codornas? E, nos dois serviços contíguos, um linguado recheado e uma brochete também recheada? O que dizer de um gastrônomo, ou de alguém com pretensões de o ser, que não se respalda com um bom peixe ou apetitosos crustáceos, tão perfumados e raros nessa região?

"Ele trouxe consigo um chefe de cozinha, mas não trouxe lagostas! E que chefe! Um sujeito que apresenta todos os pratos sem se preocupar com a boa harmonia entre os sabores ou a qualidade das carnes, que mistura gansos com coelhos e cotovias, tendo o desplante de prepará-la à *la carmagnole*, quando no mesmo serviço nosso paladar já foi sacudido com violência pelos molhos excessivamente avinagrados, quando o ideal seria preservar seu frescor para que pudesse apreciar as infinitas nuances das codornas! Eu também não gosto que as sobremesas com amêndoas, que exigem muita atenção e análise, sucedam aos sorvetes que paralisam e adormecem as faculdades gustativas, e antes dos queijos, também gelados, que acabam deixando na boca um gosto vulgar de pomada. E que dizer dos vinhos? Estavam mal distribuídos, evidenciando uma deplorável ignorância das preparações gustativas.

"Esses erros, que não são nada negligenciáveis, combinaram-se com outros que me deixaram encolerizado a ponto de, confesso, meu caro amigo, ter certa dificuldade para conter o escândalo. Esse chefe de cozinha é um ser miserável, e seu patrão um homem completamente destituído de bom gosto. Lamento dizer isso de um príncipe que nos quer bem, mas é impossível permitir que os divinos perfumes e sabores da natureza sejam assim desnaturados por molhos que se pretendem sofisticados!

"Sob o molho holandês, por exemplo, você encontrou por acaso o aroma enérgico e saudável do boi engordado em campos um tanto quanto úmidos? Por outro lado, a banalidade desse molho holandês se espelhou na máscara do molho bechamel e *saingaraz*. E o que dizer do acompanhamento excessivamente espesso à vestal, que dissimulou o perfume de plantas aquáticas que deve dominar no filé de tamboril? Esse cozinheiro do diabo ainda teve a audácia de me oferecê-lo com açorda de peitos de frango e com sua almôndega de rolinha! Ah, Rabaz!

"Esse homem pertence à detestável raça dos falsos artistas que, na manhã de um almoço, confeccionam três potes diferentes de molho, um à espanhola, um *roux* e um molho branco, depois os distribui por todos os pratos, diluídos, realçados ou reduzidos, sem se preocupar em absoluto com as leis superiores das conjunções e aproximações, combinações e oposições, claros e escuros, luzes e sombras, por intermédio dos quais valorizamos e exaltamos a essência íntima de um animal ou de um vegetal, dos quais corrigimos seus defeitos e valorizamos suas belezas, e para os quais solicitamos o que há de mais divino na alma profunda e desconhecida da matéria. Isso lá é culinária? Deus me livre! Pode ser que seja para os iroqueses, os alemães e os príncipes. Mas não para nós."

Dodin-Bouffant calou-se, enquanto o dr. Rabaz, enlevado com essas altas especulações, não ousava abrir a boca. O anoitecer começava a rondar as montanhas do Jura, estendendo-se sob as árvores e os riachos. A poeira do dia, espalhada pelo frescor noturno, limitava-se a desenhar longas linhas azuladas. O gado, soando seus sinos, dirigia-se para os bebedouros de água corrente. As mulheres estavam sentadas nas portas das fazendas, e o verão se deixava absorver pelo anoitecer.

— Rabaz, vou dar uma lição nesse príncipe! — disse de súbito Dodin-Bouffant. — Vou enviar-lhe um convite para jantar.

Beaubois, Magot e Trifouille esperavam os viajantes na casa do mestre, mas este, de mau humor, encarregou o dr. Rabaz de escusá-lo. Em seu quarto, antes de se recolher, ele se fez servir de um simples consomê acompanhado de um ovo pochê, alguns ramos de estragão, um pouco de peito de peru em uma geleia ao vinho e um fricassê de pontas de aspargos. Ele mergulhou alguns biscoitos em um copo de vinho grenache, tomou uma longa talagada de chá de tília com mel, dirigiu um olhar pleno de reconhecimento para Adèle e mergulhou em um leito bem fresco, no qual sonhou que um chefe de cozinha, de lúgubre aparência quaker, vestido metade em chefe de cozinha, metade em Lúcifer, o empanturrasse com gigantescos potes de molho espesso confeccionado com essências minerais e terríveis compostos químicos.

Na única caleche da cidade, repintada, envernizada e com um novo forro cinzento, o bibliotecário Trifouille cumpria a missão de ir buscar o príncipe da Eurásia no dia combinado. Ao enviá-lo, Dodin-Bouffant procurava demonstrar ao príncipe que o dr. Rabaz não era o único membro da sua corte.

Ele mesmo se encarregou de lavar e arrumar a mesa com o jogo de jantar de porcelana, tradicional de Nyon, ornamentado com pequeninas flores azuis e tão delicado que a faz a faca deslizar sobre sua superfície como se fosse sobre uma folha de vidro. Esse precioso jogo de porcelana estava nos serviços da família desde o tempo de sua bisavó.

O príncipe da Eurásia recebeu o convite do ilustre gastrônomo com emoção e alegria. Ele não perderia por nada esse festim, preferindo atrasar o envio das suas instruções governamentais a faltar a esse festim, predestinado a consagrá-lo como um dos grandes soberanos desse mundo, com uma nobreza tão rara e preciosa quanto a dos seus próprios títulos e brasões. Enternecendo-se a ponto de chegar às lágrimas, ele imaginava as suntuosidades culinárias que o grande gourmet Dodin-Bouffant iria lhe oferecer.

Dodin aguardava o príncipe na biblioteca, cercado por Beaubois, Magot e o dr. Rabaz, todos os quatro impecavelmente vestidos com elegantes sobrecasacas, mas vestidos com certo conforto, preparados para enfrentar sem medo gigantescas comilanças.

Feitas as apresentações, o príncipe da Eurásia teve imediata e involuntariamente a impressão de que esses mestres universais da boa mesa, esses deuses da cozinha, eram seus iguais em termos de conhecimentos gastronômicos. O aristocrático convidado foi refrescado com um vinho de Paphos devidamente gelado, um vinho de Arbois com um toque de cravo e bastante fresco, assim como algumas bebidas amargas da Itália temperadas com essências de morango e de limão, após o que todos passaram sem mais demora à sombra benfazeja e paradisíaca da sala de jantar, que neutralizava os efeitos da canícula imperante no exterior, fomentando sentimentos de paz e de reflexão. O serviço de mesa, com suas porcelanas, e os talheres de prata, flores simples espalhadas de forma despretensiosa sobre a toalha refinada e imaculada, inspirava harmonia e propiciava uma tranquilidade feita de dignidade, cordialidade e delicadeza. Quando todos os convivas estavam bem acomodados nas amplas e confortáveis cadeiras, Dodin levantou-se, pegou uma folha de papel e leu o que se segue:

— Cardápio do banquete oferecido pelo senhor presidente Dodin-Bouffant à sua alteza real, o príncipe herdeiro da Eurásia:

"Guloseimas antes da sopa,

A sopa de Adèle Pidou,

As frituras de Brillat-Savarin,

O *pot-au-feu* de Dodin-Bouffant acompanhado dos seus legumes,

Purê Soubise,

As sobremesas,

Vinhos brancos da região de Dézaley e de Château-Grillé,

Vinhos tintos de Châteauneuf-du-Pape, de Ségur e de Chambollle."

Isso era tudo.

Dodin-Bouffant sentou-se e observou o mal-estar frio e cruel que envolvia aquela mesa diante da qual tantas ilusões e tantas esperanças acabaram de ser dissipadas. Os convivas não ousavam se olhar nos olhos, e por mais que o silêncio lhes pesasse penosamente, nenhuma palavra era proferida por suas gargantas sufocadas pela decepção. O príncipe ficou pensando que esse magro cardápio sequer seria suficiente para compor um primeiro serviço. Ficou matutando se deveria aceitar a ofensa de ser perturbado para vir comer um reles *pot-au-feu*, que normalmente ele reservava para sua criadagem. Quatro miseráveis pratos! Isso era tudo que ele poderia relatar a respeito do "banquete" que Dodin-Bouffant lhe ofereceria!

Trifouille, Rabaz, Beaubois e Magot oscilavam entre o medo de um escândalo com a realeza e a decepção pelo fato de terem imaginado que esse dia iria representar um dos pontos culminantes da sua ascensão aos píncaros transcendentais das proezas culinárias. Mas, pelo menos, eles estavam convictos de que essa esquálida refeição seria irrepreensivelmente bem preparada.

Com seu lábio superior escanhoado, carnudo e inchado pelo esforço em conter o riso, Dodin-Bouffant se recostou na cadeira parecendo contente com o que fazia.

Um desses instantes repletos de ansiedade planou sobre a mesa, um desses momentos nos quais seres e coisas que o experimentam gostariam que a terra se abrisse sob seus pés para engoli-los, ou então que o céu desabasse sobre suas cabeças para acabar com o suplício da expectativa de um iminente ataque de cólera principesca.

Dodin chamou a cozinheira apertando uma campainha de cobre que tinha a forma do bico de uma coruja, e Adèle, fazendo ridículos salamaleques, trouxe a bandeja cheia de guloseimas que ela depositou sobre a mesa, alternando as reverências com alguns grunhidos de irritabilidade. Havia ali cogumelos cantarelos e lagostins em gelatina, pequenas trutas confitadas, recheadas com estragão e azeitonas picadas, salames frescos da aldeia de Payerne, cujas carnes suculentas e gordurosas eram impregnadas de essências de madeiras perfumadas, picadinho de pombo com creme, ovos recheados com massa perfumada, usada para fazer quenelle e assados bem amanteigados, coroados por um domo de fígados de patos, croquetes de queijo quente envolvendo tiras de presunto, minúsculos tordos frios desossados e cobertos por camadas de anchovas, pequenos barris de ovas condimentadas com cravo e pimenta vermelha, *pilaf* frio de atum com limão, enguias recheadas com purê de camarão, linguiças fritas de carne de caça, e uma graciosa barca de manteiga fresca muito bem moldada.

A abundância e a rica variedade dessas entradas despertaram os apetites superexcitados dos convivas, atenuando um pouco o mal-estar que, verde e esquálido, havia se instalado naquela mesa, em meio àqueles convidados de alta estirpe. Contudo, ao mergulhar suas colheres impávidas nessas delícias, ou atacando-as sem hesitação com os garfos, cada conviva ainda sentia ecoar em seus ouvidos o som vulgar, inglório e perfumado pela gordura queimada dessas três pequenas palavras: *pot-au-feu*. As poderosas mastigações desses homens, habituados aos nobres exercícios da alta gastronomia, pareciam repletas de tristeza, arrependimento e repreensão. Esses seres de elite, entre os quais havia quatro que se destacavam como os mais belos cérebros culinários do mundo, atacavam as entradas com disposição, buscando, nesse momento melancólico de sua história, compensar a magreza da refeição que os aguardava. Imergiam na prodigiosa sinfonia das entradas, combinadas com a inteligência superior e irrepreensível do anfitrião, como músicos ávidos pela harmonia sonora ou pintores sedentos pela beleza das cores.

Dodin-Bouffant sabia explorar com virtuosismo todas as nuances dessa exaltação tão complexa que leva ao cérebro as impressões transmitidas pelo paladar, alternadamente doces e brutais, amáveis e pesadas, quentes ou perturbadoras. E o vinho Dézaley, bem fresco, entre o amontoado de preciosas bagatelas acumuladas com prodigalidade, descia fácil pelas gargantas, vivificante e perfumado, irrigando com seu perfumado frescor todas as papilas e todas as mucosas, repousando-as e estimulando-as.

Nesse momento, os sentimentos dos convivas eram extremamente contraditórios.

Entretanto, todas as refinadas e quintessenciais surpresas preparadas pelo anfitrião os deixaram predispostos a receber a sopa, enquanto Dodin-Bouffant, tal como o grande general percebe o momento crucial, imperceptível a todos os demais, já notara que a batalha estava ganha.

A sopa era uma verdadeira obra-prima.

Muito complexa e planejada, dotada de um charme um tanto quanto antiquado, à *la Greuze*, a sopa conseguia combinar as brutalidades de José de Ribera com as delicadezas imprevistas de Leonardo da Vinci. Seu aspecto geral evocava o desenvolvimento de uma sonata, em que cada tema detém vida e sabor próprios, ao mesmo tempo em que se harmoniza de forma poderosa com o conjunto da obra.

A sopa tinha um gosto único, inigualável, porém cada porção deste gosto possuía sabor próprio, independente e natural. A textura de fundo era composta pela superposição de dois consomês, ambos muito poderosos e concentrados: um, feito de uma boa alcatra bovina e o outro, com o sumo de dezenas de legumes frescos, cozidos com pouca adição de água, reforçada com uma taça do melhor champanhe para apurar mais o tempero. A esses ingredientes foram misturados um caldo leve, composto por cogumelos e aspargos brancos. Um paladar refinado e bem treinado ainda conseguiria perceber a adição de algumas xícaras de caldo de aves, destinados a abrandar o sabor, aos quais haviam sido incorporadas algumas gemas de ovos bem batidas com uma dose generosa de noz-moscada. Sobre esse líquido oloroso e divino sobrenadavam, como ilhas afortunadas, fundos de alcachofra branqueados e triturados com um recheio refogado na manteiga, no qual se misturavam ovas de carpas e cogumelos envolvidos com creme. E, sob a superfície escaldante, mergulhavam nas profundezas brilhantes as pérolas plenas de beleza de croquetes recheados com rabos de lagostins envolvidos por queijo derretido.

Essa sopa prodigiosa conquistou de imediato todos os sufrágios e, quando os cinco convivas deleitados atacaram, com o coração mais leve, a fritura de Brillat-Savarin, as luzes do contentamento beatífico e da completa serenidade tomaram conta em definitivo dos seus cérebros.

Essa fritura se apresentava sob a forma de pequenos bolinhos redondos, crocantes o suficiente para que os dentes percebessem uma leve resistência antes que atingissem em um quarto de segundo o recheio cremoso destes tesouros. Mas então... Estes bolinhos cor de âmbar, como a pele de uma bela cingalesa, ocultavam com astúcia, nas carapaças douradas, fígados de tamboril discretamente amanteigados, ao passo que outros abrigavam moelas untuosas perfumadas com açafrão, e em outros, ainda, o segredo eram os cérebros de codornas conservados em uma marinada de Volnay. Havia também, ao lado destes preciosos bolinhos fofos e escaldantes, precoces exemplares de acelgas outonais. O príncipe da Eurásia, inebriado com todos esses perfumes, nenhum dos quais havia sido desnaturado por molhos criminosos e que, ao contrário, continham temperos e condimentos pensados com sabedoria para exaltar as graças e os sabores naturais, começou a compreender. Inclusive seu espírito era convidado a essas descobertas por um maravilhoso Châteauneuf-du-Pape que soprava sobre sua mente como o vento do mar alto estufando o velame de uma embarcação. Todo o sol que havia sido embutido nesse vinho, todo o fervor dessa terra quente do vale do Rhône, pátria de sua alma e que, nessas ondulações em que a framboesa se enlaçava ao tanino, envolviam o cérebro do príncipe com maravilhosa lucidez.

Trifouille estava compenetrado; o dr. Rabaz, recolhido; Magot, vermelho; e Beaubois, vibrante de entusiasmo. A felicidade de todos teria sido perfeita, se ainda não aguardassem o maldito *pot-au-feu* que poderia arruinar aquela solene refeição.

O príncipe da Eurásia, apesar de sua estupefação em constatar que ainda tinha muito para aprender acerca daquela arte sobre a qual ele acreditava, com ingenuidade, que havia atingido a mestria, e fosse qual fosse sua satisfação em ser capaz de produzir diversas obras-primas da culinária, sentia-se ofendido em sua dignidade com o pensamento de que estava prestes a surgir sobre aquela mesa um prato grosseiro e em geral reservado aos lacaios, como um *pot-au-feu*. Contudo, justiça seja feita, a cada novo ataque desferido pelo príncipe sobre aquela maravilhosa fritura, mais ele se sentia disposto a perdoar seu anfitrião.

Chegou enfim o temido *pot-au-feu*, amaldiçoado e desprezado, um verdadeiro insulto ao príncipe herdeiro da Eurásia e a toda a gastronomia. O prodigiosamente imponente *pot-au-feu* de Dodin-Bouffant, trazido por Adèle sobre um imenso prato longo, o qual a cozinheira *cordon bleu* mantinha bem alto, com os braços estendidos para aumentar a expectativa dos ansiosos convidados. Todavia, quando ele foi posto sobre a mesa, com grande precaução e visível esforço, transcorreram diversos minutos de real assombro. Cada um dos circunstantes recuperou o sangue frio em seu próprio tempo, de acordo com suas reações específicas e seu ritmo pessoal. O dr. Rabaz e Magot penitenciavam-se mentalmente pelo fato de terem chegado a duvidar do mestre.

Trifouille chegou a sentir uma onda de pânico diante de tanta genialidade, Beaubois estava trêmulo de emoção, ao passo que o príncipe da Eurásia ora sentia o impulso de fazer de Dodin-Bouffant um duque, da mesma forma que Napoleão tencionara tornar duque Corneille, ora sentia um desejo imperioso de propor ao gastrônomo metade da sua fortuna e de seu trono para que ele consentisse em assegurar a direção de todas as festividades do seu reino. Dividia-se ainda entre a irritação de receber uma lição perfeitamente clara e a pressa em degustar a maravilha cheia de promessas que tinha diante de si.

O *pot-au-feu* propriamente dito, ligeiramente esfregado com salitre e passado no sal, era cortado em fatias. A carne tinha aparência tão requintada que a boca conseguia adivinhar que ela era crocante e quebradiça. O perfume que exalava não era constituído apenas pelo sumo de carne defumada, como um incenso, mas do cheiro intenso do estragão, do qual estava impregnado, e de alguns poucos quadradinhos de bacon, imaculados e transparentes, que nele haviam sido inseridos. As fatias, suficientemente espessas e das quais os lábios pressentiam o aveludado, apoiavam-se sobre um leito de salame moído, no qual o porco era escoltado pela carne mais fina de vitelo, condimentada com ervas, tomilho e salsa. Mas esse delicado embutido cozinhado no mesmo caldo da carne era sustentado por um generoso pedaço de peito com as asas de um frango gordo, fervido em seu próprio sumo com um pernil de vitela esfregado com hortelã e tomilho. E, para apoiar essa tripla e mágica superposição, haviam audaciosamente inserido atrás da carne branca da ave alimentada apenas com pão embebido em leite, o gorduroso e robusto apoio de uma boa camada de fígado de ganso fresco, cozido apenas com vinho Chambertin. A receita prosseguia com a mesma alternância contrastante. Dividia em partes bem delimitadas, cada uma delas envolvida em legumes variados, cozidos no caldo e passados na manteiga. Os convivas eram livres para selecionar, entre o garfo e a colher, a porção que mais lhe apetecesse, transportando-a para seu prato com quádruplo encantamento.

Dodin-Bouffant havia escolhido sutilmente um vinho da região de Chambolle-Musigny para honrar esse prato de elite. Qualquer outro vinho teria sido uma nota dissonante, ao passo que o Chambolle, cheio de nuances, complexo e completo escondia em seu sangue de ouro rosado múltiplos tesouros capazes de possibilitar ao paladar a suave adaptação e a nota indispensável para a harmonização com a carne escolhida.

Esse fino psicólogo havia calculado com infalível precisão o efeito dos seus preparos, fazendo com que aqueles espíritos refinados degustassem uma dupla alegria. Não só haviam dissipado por completo as angustiantes expectativas que os atormentavam antes, como se entregavam, agora, com total exaltação dos sentidos, à alegria toda especial dessa regalia inesperada.

As correntes de angústia já haviam se dissipado em definitivo nesse momento especial em que o calor e as virtudes do vinho inclinavam os convivas em direção ao abandono e à plena fruição da vida: agora o ardor íntimo se expandia livremente no cerne de cada um dos convivas. Não existiam mais sombras nem inquietações. Todos estavam apaziguados e podiam se dedicar, em completa e livre beatitude, ao prazer da degustação, da mesma maneira como uma doce amizade floresce entre homens de boa estirpe depois de um banquete digno deste nome.

O príncipe havia compreendido a mensagem de Dodin-Bouffant. Mas sua honra fora resguardada, pois doravante ele poderia relatar, aos seus aristocráticos vizinhos de mesa, afirmando, sem medo de ser desmentido, que havia degustado o mais prodigioso *pot-au-feu* que a imaginação humana era capaz de conceber.

Contudo, a sensibilidade de sua alma principesca sentia um laivo de amargura em virtude do fato de ter recebido uma lição do grande gourmet. De repente, por comparação da memória, ele compreendeu toda a pretensiosa imperfeição que se ocultara sob a esmagadora opulência do banquete que havia oferecido a Dodin-Bouffant. Agora, os três molhos sofisticadíssimos que complementavam os pratos que ele apresentara lhe pareciam desagradavelmente insossos e monótonos. Ele se deu conta de que todo o poder e toda a riqueza decorrentes do fato de ser príncipe herdeiro da Eurásia, pouco representava em comparação com a supremacia espiritual de Dodin-Bouffant, que triunfara sobre ele nesse desafio e lhe aplicara uma amarga crítica aos seus grandiloquentes desvarios gastronômicos. Enquanto remoia em sua lembrança essas amargas considerações à sua vaidade, contemplava com melancolia a travessa vazia, na qual tronara há pouco a inesquecível obra-prima culinária. O príncipe sentiu suas narinas invadidas de súbito por um delicioso perfume, no qual cantava toda a doçura da boa terra local: preciso e ao mesmo tempo pleno de nuances, perfumado a um só tempo com a robustez campestre e a doce suavidade nacarada da leitosa consistência das cebolas que a emanavam. Ah, esse purê! Purista ao extremo, o gastrônomo não delegava a ninguém a missão de prepará-lo. Com 36 horas de antecedência ele mesmo escolhia, uma por uma, as cebolas frescas, de mesmo tamanho, de mesma cor e de mesmo sabor. Ele as seccionava lentamente em fatias iguais e depois as depositava em um grande e profundo tacho de barro, arrumando-as uma por uma em camadas superpostas. Sobre cada conjunto de três camadas de cebola, ele aplicava uma generosa porção de manteiga fresca de alta qualidade, interrompendo essa sucessão de camadas apenas alguns centímetros antes da borda do recipiente, após o que ele derramava sobre o conjunto uma xícara de excelente consomê e uma taça de um velho champanhe de grande qualidade, muito suave e destituído de qualquer ranço de açúcar. Por fim, tampava o tacho e o lacrava com tampa de barro, de forma estanque, para que todo o perfume dos ingredientes permanecesse concentrado.

Durante 36 horas, em um fogo bastante brando, provido por galhos de carvalho selecionados, a obra cozinhava lenta, religiosa e solenemente. Os três convivas habituais de Dodin-Bouffant regalavam-se de tempos e tempos com tal maravilha, mas o príncipe da Eurásia, que até o presente sempre encarara as cebolas como uma coisa vulgar e prosaica, digna apenas de ser servida à criadagem, sentiu-se de súbito reconciliado ao mesmo tempo com esse tubérculo e com o marechal Charles de Rohan, príncipe de Soubise, com quem ele divergia anteriormente por ter batizado esse prato popularesco.

Na hora do café e dos licores, sua alteza, renunciando a toda pompa, estava refestelado em uma velha e confortável poltrona, fumando um charuto sem sofisticação, porém deliciosamente perfumado, que Dodin-Bouffant mandava vir da Suíça. Sentia-se invadido pela beatitude que lhe proporcionava pela primeira vez a sensação de ser apenas um homem comum.

Feliz, Dodin esboçava um meio sorriso, saboreando seu triunfo: ele havia respondido às vãs suntuosidades culinárias do príncipe da Eurásia com uma refeição curta, despojada e burguesa, mas tão impregnada de arte profunda que até mesmo sua alteza fora obrigada a reconhecer a supremacia do seu almoço.

Dodin-Bouffant despedia-se do soberano derrotado, confuso, mas alegre na porta da caleche, quando, de repente, o herdeiro da Eurásia lhe disse, com ar solene, ao lhe estender a mão:

— Eu não aceitaria de mais ninguém, meu caro anfitrião, a lição que acabei de receber. Console um pouco meu amor-próprio abalado dando-me a chave do segredo de vossa genialidade. A culinária...?

— É uma arte especial que exige muito amor... — respondeu-lhe Dodin-Bouffant, humildemente, fazendo uma grande reverência.

DODIN-BOUFFANT CONCLUI UM CAPÍTULO

O "banquete do príncipe", como passou a ser chamado na cidade quando foram conhecidos todos os detalhes, foi um dos triunfos da carreira de Dodin-Bouffant. Seus quatro discípulos não conseguiram guardar segredo durante muito tempo. Naquela mesma noite, os frequentadores do Café de Saxe já sabiam que o dia havia sido glorioso para a cidade. Toda a região compartilhou o orgulho da cidade, e o assunto se tornou tema obrigatório de conversação, desde as tavernas de Genebra até o célebre restaurante Brochet d'Or, de Lyon. Mas o verdadeiro herói dessa história se orgulhava apenas de ter produzido uma obra de arte *"ad majorent gastronomiæ gloriam"*, tendo assim escrito uma das mais belas páginas da história da boa mesa. Em sua alma justa e reconhecida, Dodin-Bouffant atribuía à sua cozinheira a parte que lhe cabia nessas homenagens, dividindo lealmente com ela todos os méritos da proeza. A concepção, a direção e boa parte da execução do maravilhoso banquete eram devidas à sua genialidade, mas ele reconhecia que Adèle Pidou era uma preciosa e indispensável auxiliar à realização dos seus projetos.

Adèle Pidou! A ventura e a tortura da vida do grande homem! Sua razão de viver e o instrumento do seu suplício! Devemos lembrar que a morte de Eugénie Chatagne foi seguida por um desfile de incompetentes postulantes que Dodin teve que suportar, já que era necessário encontrar uma substituta à altura da grande artista falecida. Durante incontáveis dias tristes Dodin-Bouffant viu desfilar diante de si rostos destituídos da chama da genialidade, sem qualquer traço de paixão, no qual olhos baços e sem vida mais próprios a seguir o voo errático das moscas sobre o couro enlameado de uma vaca do que para contemplar a úmida e dourada camada que colore, pouco a pouco, com extrema suavidade, a pele das gordas aves repletas de manteiga e pacientemente regadas com um bom vinho.

Todavia, de repente, quando o grande gastrônomo desesperado já pensava seriamente em abandonar a sobrecasaca preta do magistrado aposentado para vestir os alvos trajes de cozinheiro, a fim de assegurar ele próprio a preparação dos pratos capazes de encher sua existência e a dos seus amigos de felicidade, eis que surge diante dele Adèle Pidou. A última postulante a se apresentar para o cargo de cozinheira em sua ilustre morada. Baixa, atarracada, com a cabeça redonda e jovial, iluminada por dois olhos cheios de malícia e o pescoço envolto em uma echarpe de algodão, muito limpa, porém já um tanto gasta, ela colocou sobre a escrivaninha do mestre, sem qualquer sombra de hesitação, um grande cesto no qual um pato vivo grasnava e balançava as patas amarradas em meio a uma profusão de legumes frescos. Depois, sem qualquer laivo de insegurança, ela se acomodou confortavelmente em uma cadeira. Oh, que boa surpresa! Dodin-Bouffant não precisou enfiar as mãos nos bolsos para resistir aos impulsos de possíveis tentações. As coxas grossas, o corpete excessivamente recheado, o queixo duplo e os cabelos maltratados da visitante inspiravam respeito, não tentação. Após uma longa conversa, na qual seu gosto ingênuo e intuitivo, porém bastante sólido, ficou evidente para o arguto psicólogo que era Dodin, ele deu prosseguimento ao ritual de seleção, encaminhando a moça com solenidade para a sala de jantar e depois para a cozinha. Sem se intimidar, ela examinou tudo com o olho iluminado de uma verdadeira cozinheira *cordon bleu*, demonstrando evidente interesse e ardor enquanto acariciava com doçura todos os complicados e engenhosos instrumentos e utensílios ali presentes. Dodin-Bouffant a seguia de perto, dissecando o olhar de Adèle com mal disfarçada emoção.

Assim como um cavalo de raça sai galopando por conta própria quando vê o espaço livre diante de si, ou o escritor estremece de impaciência e expectativa com a visão de uma folha em branco e uma boa pena, Adèle Pidou também não conseguiu se conter. Ela começou a remexer, sem motivo aparente, pelo simples prazer de tocá-las, a pegar no cabo das frigideiras, nas alças dos tachos de cobre, nas laterais e nas tampas dos caldeirões de barro, a tatear os vidros de especiarias e abrir as caixas de ingredientes, inalando seus odores, examinando os fornos, os espetos e as travessas próprias para pescados. Repleto de esperança, Dodin-Bouffant a contemplava em silêncio, sem interromper sua faina. Quem sabe, finalmente…?

Depois, acomodados nas cadeiras da sala de jantar, eles retomaram a conversa e Adèle Pidou comentou com seu linguajar peculiar:

— Sim, acho que o que fiz outro dia para o batismo do pequenino Louis teria distraído o senhor presidente. Meu irmão, Jean-Marie, caçou um belo peludo, uma lebre nova, mas já bem parruda. Para mudar um pouco e fazer um regalo, tive a ideia de marinar o bicho com a bagaceira que nós mesmos destila e depois desossar um pouco quando tivesse bem embebido e encher o bucho dele com uma espécie de recheio feito com seu fígado, misturado com porco, miolo de pão e uma espécie de trufa que nós tem em nossa granja, perto de um carvalho, e mais um pouco de conserva de peru que nós faz para o inverno. E eu cozinhei o bicho todo, com a barriga estufada e costurada, em uma espécie de máquina cheia de vinho tinto e um bom creme. Tinha que ver! Não ficou nada mal e deu um bom banquete pra nós! E talvez teria sido do gosto do senhor presidente.

Inútil acrescentar que Adèle Pidou foi imediatamente contratada por Dodin-Bouffant, nas condições que ela mesma estipulou e que, em pouco tempo, em virtude de uma deplorável fraqueza do magistrado, ela também se tornou a dona da casa.

O grande gourmet passou a viver então, segundo as estações, em um sonho interrompido por pratos de aves ou de vitela divinamente recheados, de inacreditáveis pernis de cordeiro cuja pele levantada escondia prodigiosas misturas, de fricassês que o reconciliavam com a existência, de línguas de carneiro em *papillote*, de quartos de vitela à *la Gascogne*, de sopas à *la Fonbonne*, sopas de pescados, de patos à *la Nivernaise*, frangos com molho cremoso e cogumelos, de foies gras cozidos no vapor, de embutidos de carne de caça, cristas de galo ao vinho, de frangos à *la Favorite* e de paleta de cordeiro à *la Dauphine*. Ele passava das deliciosas linguiças ao timbale de leitõezinhos de leite; dos ensopados de perca ao vinho para as tortas de codorna; e dos patês de tarambola para os filés de truta à *la Chartreuse*. Mal terminava o tempo dos pequenos coelhos à Zéphir e dos pintinhos à *la follete*, Dodin-Bouffant via aparecer sobre sua abençoada mesa de jantar trufas à *la Maréchale*, espetos de lagostins, perdizes defumadas, codornas com legumes, cotovias gratinadas, timbales de faisão, lebres à polonesa, tordos à *la Gendarme* e, mais tarde, javali à *la daube*, codornas com molho à *la poulette* e maçaricos ao Pontífice.

Nós não falamos nem dos ovos quentes à *la Bonne Amie* ou à *la Vestale*, nem das omeletes à *la Servante*, ao *joli-coeur* ou com anchovas, nem das tortas de ovas, nem das enguias à *la Choisi*, das brochetes à *la Mariée*, das carpas em redingote, assim como passamos em silêncio às cebolas com ovas de carpas, às alcachofras com champanhe, aos cardos à *la Saint-Cloud*, às massas com toucinho, aos cogumelos com chalota, aos espinafres em *tabatières*, bem como às sobremesas: marzipãs, compotas, waffles, biscoitos e macarons.

Dodin-Bouffant vivia dias doces e perfumados sob essa abundância de delícias, sob o charme dessas refeições jamais repetidas (a menos que ele o solicitasse formalmente), jamais apresentadas do mesmo jeito, cada qual lhe proporcionando novas alegrias e diferentes prazeres. Sua vida, que havia sido abalada ao extremo pela morte de sua fiel colaboradora, agora havia se reequilibrado, como se Eugènie Chatagne, mesmo falecida, houvesse passado o bastão para Adèle Pidou, fazendo dela legítima sucessora da grande tradição. Quem sabe até, pensava Dodin, refletindo sobre os mistérios do destino, fora seu espírito liberado que havia conduzido para a augusta e triunfal cozinha na qual ela havia reinado por tanto tempo, a única pessoa digna de lhe suceder. Tendo atingido a culminância da perfeição humana em sua arte, sendo capaz de compor todos os dias uma mesa sempre maravilhosamente diversa, o velho magistrado, apóstolo maior da boa mesa e do bom gosto, achava que o crepúsculo de sua existência seria belo e radioso.

Dodin-Bouffant agora esperava a morte — pela qual ele não ansiava, porém não temia — com o coração leve e uma suculenta beatitude, com um sentimento de realização que numerosos artistas fracassados e atormentados jamais conheceriam. Ele sabia que iria terminar seus dias com a certeza do triunfo ao cabo de longa e laboriosa carreira, cujos esforços haviam sido recompensados com a concretização da perfeição, cuja alegria seria sempre renovada a cada nova refeição. Dodin desfrutava enfim todas as volúpias morais e materiais que a alta culinária pode proporcionar quando é tratada com a deferência que merece.

Todavia, uma terrível tempestade ameaçava essa felicidade, comprovando que a condição humana é, em essência, frágil e instável, de tal forma que jamais devemos festejar um homem como o mais feliz dos mortais enquanto ele ainda estiver vivo, da mesma forma que o orgulho dos príncipes faz com que eles costumem desrespeitar as leis mais elementares da moral e dos bons costumes! Assim, o príncipe herdeiro da Eurásia encheu-se de inveja contra Dodin-Bouffant, pelo fato de ele ser o patrão de Adèle

Pidou, responsável pelo deslumbrante almoço que o deixara desconcertado. Primeiro seu secretário particular foi visto xeretando e assuntando no mercado, depois foi visto em um cabriolé de aluguel saindo da cidade nessa condução dissimulada, em direção ao depósito no qual Adèle costuma ir retirar quase que diariamente algum tipo de provisão. Depois, foi visto também montando guarda pacientemente diante da loja de alimentos de alta qualidade de Foujoullaz, e, por fim, já à noite, foi visto rondando de forma suspeita a casa do cobrador de impostos, que Adèle costumava visitar quase que cotidianamente, depois de terminado o serviço, para trocar um dedo de prosa com a cozinheira, a quem devotava firme amizade.

As misteriosas andanças do secretário do príncipe prosseguiram durante bastante tempo sem que Dodin-Bouffant se inquietasse, apesar dos rumores imprecisos e dos comentários constantes, porém inconsistentes, coisa que não o perturbou em absoluto. Velho e experiente magistrado, acostumado a sondar as profundezas do coração humano e a avaliar as circunstâncias para delas extrair o sentido real, ele antevia, sem ousar verbalizar, a conclusão que poderia advir da onipresença obstinada de um serviçal do príncipe nos lugares em que ele fatalmente poderia se encontrar com Adèle. Além do mais, Dodin-Bouffant havia crescido em um século no qual até mesmo o coração dos melhores dos franceses não acalentava qualquer tipo de ilusão em relação aos poderosos deste mundo. Dodin-Bouffant começa a se dar conta de que havia exagerado em sua vitória gastronômica contra o príncipe da Eurásia, mas não ousava compartilhar suas dúvidas e inquietudes com Adèle. Isso porque, como todos os grandes artistas, ela tinha uma personalidade fantasiosa, temperamental e irritadiça, de modo que Dodin temia que uma discussão mais acalorada ou um irrefutável escândalo pudessem provocar a cólera da cozinheira, levando-a a abandoná-lo. Além disso, existia, no fundo do seu coração, certo pudor ou disfarçado orgulho, que não o deixava demonstrar com clareza o quanto ele havia se tornado dependente dela, a soberana absoluta do crepúsculo da sua vida.

Dodin ficou com a alma atormentada e inquieta. Às vezes sua imaginação suplantava a razão e lhe pregava peças. Contudo, quando ele recuperava o sangue-frio, acabava percebendo que seus temores não eram infundados. E essa dúvida condensada em seu íntimo, que ele não ousava compartilhar com ninguém, de tal forma que o apavorava a ideia de formular em palavras precisas, o devorava e o deixava em um estado de grande excitação realmente dolorosa.

Abatido pela tristeza, ofegante e suarento, ele enxugava a fronte quando se dirigia para o Café de Saxe, para sufocar seus tormentos com o infame vermute da casa. Quando dava meio-dia, retornava ao lar, curvado, desesperado e com o coração apertado. Então, colocava-se à mesa e, de repente, a toalha imaculada era adornada com filés de frango à *la Pompadour*, ou pequenos cogumelos selvagens refogados com vinho Chambertin, ou codornas à *la Mayence*, ou pombos à *la Martine*, delícias que dissipavam momentaneamente seu sofrimento, como a doce brisa de uma calma noite de verão dissipa o cheiro acre do capim queimando nos campos. Assim, o amor espiritual que ele acalentava pela genialidade inconsciente dessa mulher insinuava-se em seu coração, dominando-o, desarmando-o e levando-o a formular na mente desculpas por ter duvidado dela. Ao degustar as delícias absolutas, irrepreensíveis e inigualáveis que Adèle preparava, Dodin chegava a envolver com ilusória beleza seu corpo prosaico e parrudo, chegando a lançar olhares enternecidos em direção à cozinheira.

Dodin-Bouffant conhecia em profundidade a alma humana, de modo que não acalentava nenhuma ilusão a respeito das suas possíveis virtudes. Assim, ele nem sequer pensava em se indignar com a patifaria do príncipe da Eurásia, que ele havia recebido em sua própria casa e agora agia nas sombras para lhe roubar aquela que seria a alegria dos seus últimos dias. Tamanha ingratidão lhe parecia tipicamente principesca. Por isso, de tempos em tempos, ele nutria sentimentos de raiva em relação a si mesmo, por ter tido a ingenuidade de receber em seu santuário tão resguardado o aristocrático vilão. Ele sofria e se angustiava por antecipação com a possibilidade da demissão de sua colaboradora, seduzida pela suntuosidade das promessas do príncipe, que com certeza nutriam sua vaidade, impossibilitando qualquer resistência. A cada vez que Adèle abria a porta de entrada quando ele voltava para casa, Dodin-Bouffant sentia o gelado arrepio da morte percorrendo sua coluna, assim como ocorria quando ele abria os olhos a cada pura e calma manhã, aplacando a ansiedade com a ingestão de um delicioso desjejum. Mas sua vida sob essa perpétua ameaça transformara-se em uma verdadeira tortura, que se intensificava com a oscilação entre o desejo de ter uma conversa franca com a artista que lhe proporcionava tantas alegrias e tantos suplícios e o medo de efetivamente fazê-lo. Essa hesitação, que oscilava de hora em hora de um polo a outro, fazia com que ele efetuasse idas à cidade para comprar presentes para Adèle: um tecido chamativo, um bonito broche, uma sombrinha elegante. Humildes mimos que não poderiam competir com as riquezas que o secretário do príncipe poderia oferecer a Adèle Pidou no dia em que fizesse sua real investida.

    Será que ela já havia sido abordada? Às vezes Dodin acreditava que sim, pois nos últimos tempos achava que Adèle andava ora preocupada, ora sonhadora. Parecia, inclusive, que sua simplicidade natural havia sido contaminada por um sentimento inabitual de extremo orgulho. Parecia que ela andava remoendo na cabeça um problema grave, cuja natureza Dodin-Bouffant não ignorava: era a respeito do próprio futuro que Adèle Pidou refletia. Seu olhar se perdia agora com frequência ao longe, para fora da cozinha, e o infeliz gastrônomo ao seguir esse olhar sonhador tinha a impressão de vislumbrar os esplendores fabulosos de um palácio.

Buscando preservar sua dignidade, Dodin-Bouffant evitou compartilhar suas inquietudes com os amigos, mas estes percebiam que seu rosto perdera a vivacidade, ficando envelhecido e fatigado. Nenhum deles ousava questioná-lo, mas todos percebiam de forma intuitiva que a cozinheira era o motivo dos tormentos de Dodin, e temiam que a catástrofe iminente os atingisse também.

Não tardou para que Dodin-Bouffant fosse prevenido, pelo patrão do Café de Saxe, de que suas suspeitas eram bem fundamentadas. A certeza o abateu terrivelmente, pois, contrariando toda e qualquer lógica, ele ainda se esforçava por considerar suas preocupações como infundadas. O patrão lhe contou que havia visto Adèle Pidou atravessar a praça diante do café, ao anoitecer, em companhia do funesto e bem vestido secretário do príncipe da Eurásia, que falava e gesticulava com grande veemência. A cozinheira nada dizia, mas de quando em quando inclinava a cabeça em aquiescência. Dodin-Bouffant recebeu o rude golpe com dissimulada serenidade, mas se apressou em pagar seu coquetel à base de *kirsch*, pois desejava ficar a sós sem mais tardar. Ele fez um esforço prodigioso para manter as aparências e surpreendentemente sentiu certo alívio pelo fato de ter seus piores temores confirmados, como o condenado que escuta a confirmação de sua sentença de morte. Mas decidiu agir de imediato, em vez de esperar que sua vida fosse feita em pedaços por alguns: tomou a firme resolução de efetuar, ele mesmo, o supremo sacrifício.

Dodin-Bouffant tinha plena consciência de que sua bolsa era modesta demais para poder concorrer com um dos príncipes mais ricos da Europa, e como Adèle havia sacrificado, ou estava pronta a sacrificar a glória e o orgulho da arte por dinheiro, sem pensar no bem-estar do patrão, ele estava disposto a aguardar a morte de forma digna e voluntária, renunciando à sua obra e à sua paixão. Então, abriu a porta com plena resolução.

Contudo, temerosa e irritadiça em virtude da consciência do crime que ela iria cometer, e que a amargurava enormemente, Adèle depositou diante de sua vítima, uma após a outra, uma fritada de ovas de peixe, que somente aos deuses é dado degustar, e uma cabeça de vitela em gelatina à *la Vieux-Lyon*, que projetou o paladar do mestre, tão sensível e treinado, nos abismos da volúpia. Dodin-Bouffant lançou então sobre a infiel um olhar enternecido e sentiu que havia sido definitivamente derrotado. Isso porque subiu, do fundo do seu coração, um sentimento impetuoso ao qual se misturava em um caos assustador, admiração e reconhecimento por tantas gloriosas alegrias, o amor. A inconstante criatura só deixaria atrás dela desastres e ruínas, uma casa vazia, as cinzas de uma paixão e um coração dilacerado. Uma visão abismal do vazio passou diante dos olhos do pobre homem! Permanecer sozinho na casa abandonada e não ter nada para preencher as longas horas de solidão, a não ser a sinistra perspectiva de comida barata e repugnante! O infeliz Dodin, mobilizado por não se sabe qual obscuro desejo, na esperança inconsciente de talvez cortejar aquela que já tinha um pé no estribo da carruagem que iria levá--la para sempre, começou timidamente a cortejá-la com ternura, recebida, por sinal, com certo desdém. Incapaz de renunciar por conta própria ao paraíso das três refeições cotidianas que ela preparava, Dodin foi dominado por uma angustiante tremedeira causada pela certeza de que estava próximo o dia em que a cozinheira partiria e que, derrotado, ele não tentaria postergar. Adèle, para dizer a verdade, intimidada e um pouco surpresa de ainda ser atacada, às vezes dignava-se a demonstrar sensibilidade a esse fervor destituído de qualquer laivo de grosseria, logo reassumindo, no entanto, uma expressão enigmática para demonstrar de modo inequívoco que não estava convencida.

A crise era iminente e todos os signos prenunciadores o indicavam. Ela ocorreu na primeira noite de inverno, quando Dodin-Bouffant, como o doente que sabe estar condenado à morte, deliciava-se com uma ansiedade quase feroz com as últimas alegrias que Adèle Pidou parecia disposta a lhe conceder. Ele havia convocado Beaubois, Trifouille, Rabaz e Magot para um jantar, o qual somente ele sabia ser o último.

Naquela noite, Adèle, após uma sopa de cardos espanhóis com croutons, apresentara em meio aos cristais uma esplêndida enguia recheada. Ele tivera a ideia de fazer uma massa com a carne do peixe, triturá-la em um pilão e depois misturá-la com miolo de pão, salsinha, cebolinha, cogumelos e trufas. Depois, ela havia composto o prato de modo a evocar a forma original do peixe, levando-a ao forno em uma travessa, para que adquirisse uma bela cor.

Todos os convivas ficaram maravilhados, após o que eles devoraram com ar solene o prato de patê quente à *la royale* que se seguiu, exclamando com devoção caso pegassem um bom pedaço de carneiro, um filé de perdiz ou um naco de carne bovina, ou quando conseguiam pescar entre a calda de narceja um untuoso toucinho que concentrava em sua gorda espessura o divino aroma de uma pontinha de alho.

Temerosa de dar a funesta notícia ao seu mestre cara a cara, Adèle achava que os quatro amigos de Dodin-Bouffant, na qualidade de sacerdotes da grande arte da gastronomia e discípulos diletos do grande mestre, mereciam ser informados junto com ele da sua resolução. Ao passo que Dodin contava com a presença dos amigos para amortizar o rude golpe que ele sabia que seria desferido no decurso daquele jantar. Adèle decidiu anunciar sua partida durante aquele jantar. A crise começou quando Adèle colocou sobre a mesa o pernil de um jovem javali em crosta, cuja carne ela havia envolvido com um delicado picadinho de fígados de patos marinados com um fino champanhe.

Adèle, visivelmente vexada, começou:

— É preciso que eu diga aos senhores... — Ela não sabia onde enfiar as mãos — ... que sua alteza, o senhor príncipe...

Ao escutar as primeiras palavras, Dodin-Bouffant, lívido, rígido e contraído, havia compreendido tudo:

— Eu sei que ele quer acabar comigo... porque ele comentou que nenhum dos seus cozinheiros... enfim, porque ele ficou muito satisfeito com o almoço...

Dodin teve ainda a força suficiente para esboçar um sorriso amargurado, enquanto Adèle continuava:

— Eu não queria deixar o senhor Dodin, porque... porque é uma honra servir a um mestre como ele... um grande conhecedor... tão fino e requintado... e também tão bom... eu devo dizer ao senhor... E eu sei que aprendi muito com o mestre... ele me ensinou muitas coisas... então é ingratidão...

Beaubois, Magot, Trifouille e o dr. Rabaz compreenderam tudo de imediato, então suas faces, pouco antes radiantes de felicidade, empalideceram e adquiriram aquele ar de doloroso desapontamento que as crianças demonstram com caretas quando tentam em vão conter as lágrimas.

Adèle, que havia ensaiado seu incômodo discurso, continuou:

— Mas, vejam bem... eu não sou mais jovem... preciso pensar na minha velhice... quando o senhor Dodin não estiver mais entre nós o que será de mim?

Essa alusão à sua morte não emocionou Dodin-Bouffant nem seus amigos.

— Eu não sou rica... Então minha família me aconselhou... acharam melhor eu aceitar o bom salário que me oferece... sua alteza, o príncipe da Eurásia... Pensem bem: sessenta escudos por mês... e também gratificações... assim, quando me aposentar, poderei me retirar tranquilamente em nossa fazenda...

Impulsionado por súbita resolução, Dodin ergueu-se, mudo, tão bruscamente que Adèle se apavorou, achando que ele iria se precipitar sobre ela, enquanto seus amigos achavam que ele havia enlouquecido de raiva. Muito pálido, porém demonstrando absoluta tranquilidade, Dodin-Bouffant pegou a mão da cozinheira e lhe disse com calma:

— Adèle, eu gostaria de conversar com você.

Então, os dois desapareceram na cozinha. Um silêncio sepulcral envolveu a sala de jantar, interrompido alguns angustiantes minutos mais tarde por Magot, que observou que a situação não seria resolvida se eles deixassem a carne de veado esfriar muito. Todos puseram-se a comer em triste silêncio, quebrado de tempos em tempos apenas por alguns lamentos a respeito da infelicidade que se abatera sobre Dodin-Bouffant e sobre eles próprios. Uma longa meia-hora se desenrolou assim entre as mastigações inquietas dos convivas, até que a porta da cozinha se abriu enfim, lenta e majestosamente. Muito corado, com um olhar flamejante de incontestável triunfo e com ar apaziguado, Dodin-Bouffant entrou na sala, conduzindo pela mão Adèle Pidou, que esfregava os olhos lacrimosos, e pronunciou essas simples palavras:

— Senhores, eu vos apresento a senhora Dodin-Bouffant.

PAULINE D'AIZERY OU A DAMA DA COZINHA

Qual era a essência da fidelidade conjugal de Dodin-Bouffant? Nem sua juventude nem sua maturidade haviam sido castas, mas suas aventuras amorosas sempre foram impregnadas por seu espírito metódico, ponderado e por discretos indicadores de que esses arroubos eróticos não tinham nada em comum com irrefletidos êxtases juvenis, espelhando ao contrário um gosto seguro, racional e permanente pela companhia feminina. O verdadeiro apreciador das mulheres, que preserva seu interesse até a maturidade, não tem nada a ver com o adolescente exibido que aos vinte anos gosta de se pavonear com atrizes de sucesso. É aquele que, tudo mantendo na sombra e no mistério, sabe somar, fora alguma aventura casual nunca desdenhada por ele, os dez meses da jovem modista às seis semanas com a bela professorinha, ao ano da vendedora e às duas temporadas da camareira... Dodin-Bouffant pertencia a essa discreta categoria. Ao longo de toda a sua vida, manteve uma corrente ininterrupta de amores dos quais jamais se vangloriara. Aliás, ele não seria o grande gastrônomo que é se não tivesse também o gosto acentuado pelos prazeres sensuais, pois tudo era vigoroso e sadio em uma natureza especial como a sua. Todavia, se havia frequentado assiduamente as casas de banho, domínio das jovens elegantes e despreocupadas, ele só se aventurara raramente nas cozinhas, onde encontraria cozinheiras jovens e sedutoras, isso quer dizer, muito raramente, porque se elas tinham idade para ser desejadas, ele desconfiava dos seus talentos profissionais. Não as contratava e não as valorizava quando trabalhavam para outros.

Vale lembrar que, após a morte de Eugénie Chatagne, ele soube resistir aos encantos de uma jovem tão deslumbrantemente bela quanto destituída de experiência na cozinha.

Ao desposar Adèle Pidou nas circunstâncias aqui descritas, uniu-se a uma mulher de 46 anos, baixa e corpulenta, de rosto vulgar e sem charme, no qual se destacava apenas o brilho da genialidade no olhar. Todavia, e isso é algo digno de nota: ele se manteve escrupulosamente fiel a ela. Parecia que seus gostos em relação às mulheres haviam declinado conforme se acentuava sua prodigiosa capacidade gustativa, de tal forma que a primavera da sua velhice havia se acomodado bem à austera mediocridade da vida conjugal, contrariando seu rico histórico de conquistas amorosas. É possível que ele estivesse um pouco cansado de tudo na vida, a não ser dos prazeres da boa mesa. Ou talvez houvesse preferido encaminhar-se para o término de sua bela existência sem tumultuar os derradeiros dias com complicações desnecessárias. É possível também que no corpo sem atrativos de Adèle Pidou ele venerasse apenas a singular genialidade culinária que alegraria com infinitas magnificências os seus dias, depois de ter expulsado do paraíso e condenado ao exílio o inconsolável príncipe da Eurásia. Havia um pouco de todas essas nuances na austera fidelidade do mestre, mas também alguns arrependimentos. Era possível adivinhá-los quando uma jovem elegante e desejável cruzava seu caminho, pois então o brilho de antigos anseios surgia em seus olhos, refletindo os louros reflexos dos cabelos que escapavam de um chapéu de primavera ou o doce balanço de formas flexíveis e perturbadoras. Então, ele contemplava por bastante tempo a inspiradora aparição, sumindo na distância enquanto sua mente se enchia de devaneios sensuais, após o que ele retomava seu caminho com um laivo de melancolia no olhar.

Em uma manhã de maio, ocorreu grande comoção. Dodin-Bouffant trabalhava no seu escritório, no andar térreo, mordiscando a pena enquanto buscava sem sucesso uma boa rima para os versos de uma canção que ele compunha para apresentar em um almoço de casamento ao qual havia sido convidado:

Brigas e risos, oh rosa Rosalie
Não poderão nos salvar do amor...
É um perigo ser jovem e bonita...

Nem a palavra "dia" nem a palavra "adorno" encaixavam-se no final destes versos que cantarolava em sua mente. De onde estava sentado, um dos lados da janela entreaberta o impedia de ver a rua. Os filetes de luz banhavam seu austero escritório, arrancando festivos reflexos dourados das encadernações um tanto gastas dos livros. A alva e lenta poeira das velhas ruas interioranas insinuava-se discretamente pela casa, graças às brisas vindas das montanhas do entorno, enquanto deleitáveis odores agrestes subiam do jardim da frente. A primavera fazia a cidade ressuscitar, despertando velhas lembranças que agitavam seu coração e provocavam suspiros. Então, Dodin reclinava-se na cadeira, cerrava os olhos e via desfilar na memória as recordações de suas jovens conquistas.

Mas eis que, de repente, uma pedra, uma pedra de bom tamanho, voou da rua para dentro do escritório, atingindo um belo samovar de cobre que estava sobre uma mesa. Dodin-Bouffant ergueu-se indignado, pronto a admoestar os arruaceiros que ousaram perturbar dessa forma sua conversa íntima com o Passado. Mas a rua estava deserta, e ele pensou que, depois de fazer a deplorável traquinagem, as diabólicas crianças com certeza haviam virado a esquina correndo para se esconder no bulevar dos Orfèvres. Foi quando ele percebeu que alguém depositara uma carta lacrada no rebordo da janela.

Intrigado, ele levou ao nariz o elegante papel azulado e aspirou o estranho perfume de ervas secas. Depois examinou a letra do anônimo remetente e, supremamente intrigado, resolveu fazer a única coisa capaz de solucionar o mistério: abrir o envelope e ler a missiva. Teve antes a precaução de fechar a porta do escritório à chave, ciente de que ninguém envia uma carta inocente e inócua dessa forma.

"Mestre,
Algumas semanas atrás o senhor se dignou a compartilhar uma refeição com um grupo de bons amigos. Eu estava lá, banhada por vossa luz. Escutei e vi a genialidade se refletir em vossas palavras. O senhor despertou em mim uma fé cuja existência minha alma ignorava, e eu, que busquei infrutiferamente exprimir-me com harmonia por intermédio de outras formas de arte, descobri em suas belas palavras o caminho para um modo de expressão ao qual eu aspirava. Depois que eu o escutei, Mestre, minha vida passou a ter outro sentido. Cantei os poemas cujos ritmos, cores e luzes o senhor ensinou... Eu compreendi que uma pessoa podia abrir seu coração por meio das infinitas nuances de um prato meditado por muito tempo, compreendi fervorosamente que é possível inserir em um prato todas as nossas alegrias e tristezas, todos os nossos entusiasmos e desânimos. Enfim desperta pela inspiração vinda do senhor, não tenho outro anseio a não ser o de vos homenagear. Assim, peço que o senhor aceite jantar comigo na próxima terça-feira, por favor.

Estando eu mesma livre de qualquer compromisso em virtude de uma viuvez precoce, respeito os escrúpulos ditados por vossa própria situação conjugal. Nós estaremos sós em minha mesa e minha casa e ninguém terá conhecimento de vossa presença. Vou liberar a criadagem nesse dia para garantir a necessária discrição, então essa sua vossa discípula terá a satisfação de servi-lo com suas próprias mãos. Eu moro do outro lado da fronteira. Assim, o

ideal é que o senhor vá pela diligência postal até Dardagny, onde eu o aguardarei na estrada de Vernier, conduzindo eu mesma minha caleche de passeio.
Eu beijo com solene devoção as mãos do meu Mestre.
Sua Sacerdotisa."

Dodin-Bouffant dobrou com cuidado a elegante missiva e a guardou no bolso do colete, sem ter coragem de rasgá-la como lhe aconselhava a prudência. Sentindo-se de súbito vinte anos mais novo, andou de um lado para o outro no escritório. O velho magistrado, treinado pela longa experiência e hábil em sondar as verdadeiras intenções existentes nas entrelinhas de qualquer tipo de documento, descobria entre as frases dessa carta uma confissão bastante diferente: a expressão da pura veneração artística. Isso lhe deu muita satisfação. Ele respirava com ar de felicidade, oscilando suavemente entre o prazer proporcionado ao seu amor-próprio e a alegre perspectiva de uma possível aventura amorosa repleta de delícias, cuja concretização dependia apenas de sua vontade e de sua disponibilidade. Isso porque esse filósofo, ávido de paz e sossego e aterrorizado com a eventualidade de possíveis complicações, havia decidido sem hesitar, depois de terminar a leitura da carta, a não correr o risco dos amores ilícitos que ela parecia prometer. Mas, por outro lado, ele se oferecia o prazer sem perigos do autoengano: sonhando acordado, imaginava que respondia favoravelmente ao apelo da misteriosa missivista e iria degustar, na aurora da sua velhice, os frutos proibidos dos derradeiros prazeres proporcionados pelas irresistíveis carícias de uma dama tão bem maquiada; prazeres com os quais havia sonhado desde sempre sem jamais tê-los abocanhado. É claro que ele não iria a Dardagny. No entanto, já imagina a si mesmo desembarcando na entrada da aldeia e pegando a estrada para Vernier, onde descobriria, à margem de um campo, escondida atrás de um muro, uma loura beleza que o aguardava com os lábios cheios de paixão e o corpo tomado por ardente ternura. Em determinados momentos, sua alma afastava-se das alegrias mundanas proporcionadas pela expectativa do prazer carnal e se contentava com o orgulho de ter talvez despertado uma brilhante vocação e uma grande carreira. Do horizonte, para além das montanhas azuladas pela bruma e através da janela aberta, chegava às suas narinas um imaginário encantamento, o cheiro cremoso de noz-moscada, um maravilhoso perfume de assado.

Bem mais real foi o suculento eflúvio que o acolheu no corredor quando ele saiu do escritório. Adèle estava preparando na cozinha um ensopado de galetos realçado pelos últimos cogumelos *morilles* negros da estação. E seu coração, esse pobre coração escravo de todas as vicissitudes da gula, derreteu-se de imediato, esquecendo-se dos prazeres imaginários para se concentrar em uma grata alegria e uma enternecedora esperança.

Dodin-Bouffant viveu feliz os dias subsequentes, aprumando-se, deixando brotar um sorriso, mostrando-se mais ágil e alerta, acariciado e rejuvenescido pelo deleitável segredo que mantinha no bolso do colete. Ele sentia como se a missivista desconhecida lhe houvesse puxado pelo paletó, afastando-o da noite escura da velhice em direção ao sol pleno de um dia luminoso. Ele encarava agora com paternalista comiseração seus convivas, seus "pobres" amigos que não tinham em seus lábios o perfume da tão especial e misteriosa aventura.

Mas quem era essa enigmática correspondente que havia reacendido assim de improviso as cinzas da sua vida? Dodin--Bouffant havia feito essa pergunta a si mesmo no exato instante que terminou a leitura da carta, refazendo a questão mil vezes em sua mente, sem obter resposta. Nem fazendo a revisão das relações que ele mantinha com o pessoal dos campos ao redor de Genebra, nem a lembrança das jovens que ele havia encontrado recentemente nas casas de amigas da região de Bugey... nada conseguia elucidar o mistério. Quando a terça-feira chegou, ele foi até o albergue do Soldat-Laboureur, de onde partia a diligência em direção à Suíça... Ele esperava vagamente, contrariando toda e qualquer lógica, encontrar ali algum indício revelador da identidade de sua discípula desconhecida. Encarando diante de si a diligência postal, enganava deleitosamente de novo a si mesmo: ainda que decidido a não abandonar o conforto do lar para fazer o papel de Romeu, devaneava imaginando a si mesmo subindo na diligência pesada para se engajar na estrada que o conduziria para junto de sua discípula apaixonada e disposta a oferecer-lhe seu jovem corpo e as inspirações de sua genialidade precoce. Dodin chegava até a ansiar por algum acontecimento imprevisto capaz de contrariar sua decisão e eliminar sua timidez.

Quando a diligência partiu, deixando Dodin-Bouffant para trás, ele teve a certeza de que não teria mais condições de chegar a tempo ao encontro. Sua alegria secreta se desvaneceu. Ele teve a impressão de que algo terminara naquele momento e que, depois de uma festa aguardada por tanto tempo, ele iria retomar o curso costumeiro de sua vida monótona.

Foi em um estado de espírito bastante morno e abatido que ele viveu os dias que se seguiram à terça-feira na qual nada aconteceu.

Mas, de repente, no começo da semana seguinte, foi dominado por uma segunda grande emoção. Mal havia se acomodado diante da escrivaninha do seu escritório, quando uma nova carta caiu aos seus pés, lançada desta vez pela janela aberta, como se fosse um bumerangue. Seu coração batia com tanta força que ele precisou respirar fundo por um momento antes de se abaixar para pegá-la.

— Eu sabia que ela voltaria a escrever — murmurou Dodin-Bouffant para si mesmo, embora essa ideia não tivesse passado pela sua cabeça.

A carta, aberta com dedos trêmulos, tinha apenas quatro linhas, o que o decepcionou antes mesmo que tomasse ciência do conteúdo:

"Mestre,

Eu esperei a chegada da diligência na terça-feira — e com quanta angústia no coração! Sentada sozinha no canapé que eu havia instalado para recebê-lo, degustei com tristeza os pratos que eu havia preparado com tanto amor. Na próxima terça-feira eu esperarei o senhor, como fiz na semana passada."

A prudência de Dodin começou a vacilar. O temor de complicar sua vida; o pavor de perder a ciumenta Adèle, caso ela descobrisse seu segredo; o sacrifício de enfrentar cinco horas de trajeto em uma estrada quente e empoeirada. Todos esses obstáculos começavam a se derreter diante do apelo perseverante da misteriosa e apaixonada Dama da cozinha, como se fossem objetos friáveis levados pela correnteza. No momento em que, derrotado, ele iria se decidir, teve consciência, com o espírito superexcitado, que o dia fixado pela desconhecida era outra terça-feira e que só faltava, portanto, um dia para o encontro, de modo que ele não teria condições de se preparar para a viagem e encontrar tão rapidamente uma desculpa capaz de convencer Adèle. Ele respirou fundo, sem saber muito bem se fora motivado pelo arrependimento antecipado de uma ruptura definitiva ou pela satisfação em encontrar um argumento irrefutável para impedir a viagem. Todavia, na hora que ele deveria pegar a diligência em direção à felicidade, viu-se invadido por amargas reflexões. Não havia mais dúvida agora: seus dedos haviam deslizado ao longo do único fio de cabelo da Oportunidade. Que chance tinha ele com efeito, para que essa mulher, gratuitamente ferida, se esforçasse para fazê-lo feliz, apesar de tudo o que ele fez? O fato de ela insistir em renovar o convite era indicador de falta de dignidade. Ou então, pensava ele — sem, no entanto, ousar formular essa hipótese —, ela talvez fosse dominada por um amor genuíno, capaz de suplantar qualquer tipo de sentimento de orgulho ou pudor. Todavia, imbuído da certeza de que a desconhecida não se exporia pela terceira vez ao desprezo da sua ausência, Dodin-Bouffant decidiu que aceitaria a próxima solicitação.

Diante da incapacidade em que ele se encontrava de descobrir o mínimo indício a respeito da identidade da missivista misteriosa, apesar dos maiores esforços de memória e de racionalização, Dodin ora a imaginava grande, loura e longilínea, ora de compleição menor, morena e mais cheinha. Com certeza sua velhice, ainda agressiva, não precisava de nenhum estimulante. A senhora Dodin-Bouffant não podia imaginar que ao tomá-la em seus braços, contrariando a idade e seus hábitos costumeiros, o marido devaneava a respeito de um prodigioso romance. Mas é preciso dizer que Dodin-Bouffant também sentia prazer — e com certa frequência — em pensar na desconhecida apenas na condição de musa Gastéra, a musa da gastronomia, oferecendo às suas narinas palpitantes o incenso de uma gloriosa culinária.

O grande gastrônomo sentia no fundo do coração uma vergonha íntima em relação à sua fidelidade conjugal. Ainda impregnado do espírito de um século no qual não se costumava ter esse tipo de escrúpulos, ele tendia a atribuir seus anseios vulgares a uma estúpida ingenuidade. Como seus amigos e comensais iriam rir dele caso conhecessem suas ânsias de traição! Como iriam zombar dele caso soubessem que o grande Dodin-Bouffant, o poeta do epicurismo, o mestre da divina sensualidade, havia recusado de uma só vez um banquete íntimo e as atenções de uma jovem que se oferecia a ele! Não estava ele recusando o último presente que a vida lhe reservara? A vida, que havia sido tão boa e clemente para ele, não desejava que ele entrasse na plena velhice levando no coração a lembrança dessa última paixão que poderia desfrutar? Não tinha a vida reservado para perfumar sua iminente decrepitude esse supremo fruto do outono, essa bela maçã saudável e dourada que ela agora lhe oferecia no crepúsculo, da mesma forma com que Eva havia oferecido o fruto proibido a Adão na aurora do mundo?...

Na sexta-feira, às onze horas da manhã, ao chegar antes dos amigos ao encontro cotidiano no Café de Saxe, a sra. Hermine, dona do estabelecimento, entregou a Dodin-Bouffant uma carta que um transportador de barris de bebida havia deixado sobre o balcão para ele. Bastou uma olhada no envelope para que Dodin passasse em um segundo por todas as cores verdes, brancas e vermelhas dos licores e dos xaropes que ornamentavam o balcão. Ele havia reconhecido "a letra"...

Ele estava só. Trifouille e Beaubois ainda não haviam chegado. Magot e o dr. Rabaz atravessavam lentamente a praça, parando a cada passo para ajeitar os botões das respectivas sobrecasacas. Assim, Dodin-Bouffant dispunha de tempo suficiente para dar uma olhada na carta. Ele a percorreu com os olhos, dissimulando-a sob a mesa:

"Mestre,

Na próxima terça-feira eu esperarei o senhor, como sempre... Eu deixei marinando em um antigo licor de Marc dois patinhos para preparar uma torta recheada e estou pensando em preparar também uma enguia à *la poulette*. Vou espalhar rosas por toda a casa e estarei esperando o senhor com um vestido de organdi florido..."

Dodin enfiou a carta no bolso, quando viu que seus dois amigos entravam no café. Rabaz e Magot logo perceberam as ausências e o ar distraído de Dodin no decurso do costumeiro aperitivo. Ele quase não participou da conversa, a não ser para direcioná-la para temas ligados às preocupações que angustiavam seu coração. Ele estava perdido em um sonho e não prestava a mínima atenção no vinho das ilhas que, no entanto, arrancava comentários elogiosos todos os dias. Quando Trifouille ridicularizou certas paixões senis que os anciãos dedicam às belas jovens, e o dr. Rabaz comemorou o fato de ser a velhice uma idade feliz, em que somos enfim liberados dos anseios carnais, Dodin-Bouffant exaltou-se e defendeu um caso que somente ele conhecia, enquadrando-o em uma teoria geral da beleza, da experiência e da seriedade que somente um homem idoso pode consagrar ao amor.

No decurso desordenado da conversa, começou a aparecer uma resolução e, para melhor desenvolvê-la, ele sentiu a necessidade de ficar sozinho, de modo que deu uma desculpa esfarrapada que surpreendeu os amigos e se dirigiu ao Correio. Ele caminhou devagar à sombra de uma aleia de tílias, com o chapéu na mão e o olhar perdido na distância. No momento em que teve enfim a possibilidade de refletir, um enorme tumulto de pensamentos desordenados entrechocou-se em seu cérebro e, logo desistindo de ordená-los, acabou deixando o caos imperar.

Uma única luz brilhava naquele mar de brumas no qual ele não tentava mais penetrar: ele iria. Dessa vez ele iria, tinha certeza disso... Ele sentia isso, compreendia e queria. Mas por que decidira ir depois de ter resistido? Porque o metal da fidelidade não resiste durante muito tempo ao sopro candente da paixão; porque o amor veemente que transparecia na insistência da desconhecida soava como um canto de sereia em torno do seu orgulho; porque as palavras possuem virtudes mágicas e porque as cartas de amor haviam despertado no fundo do seu coração uma juventude já esquecida; porque sua alma havia sido sacudida por um arrepio tão suave quanto as brisas que arrepiam a epiderme de um riacho; porque uma torta de pato e uma enguia à *la poulette* são tentações irresistíveis para um paladar capaz de antecipar o sabor dos bons pratos; porque ele havia conseguido conceber, no tempo em que ainda tentava resistir aos convites, um plano que eliminava qualquer risco de suspeição em relação a essa escapadela galante... Sim, sua esposa... ele se deu conta de repente que era necessário comunicar a viagem a ela usando ótimos e irrefutáveis pretextos. O problema é que o mestre, sendo o homem honesto que era, não tinha talento para a mentira, de modo que desejava se desincumbir da nefasta tarefa o quanto antes.

A propósito, a hora do almoço se aproximava, e ele degustaria um patê de truta. Ele apressou o passo e pegou o caminho de casa.

Ao degustar o patê, teve ímpetos de abandonar seu plano criminoso. Adèle o havia preparado com todo o carinho, e sua perfeição arrancou lágrimas do velho gastrônomo. Como o recheio de trufas e anchovas havia se fundido harmoniosamente na carne rosada da truta, como a crosta dourada havia se embebido dos sucos adquirindo a necessária untuosidade? Era preciso todo o inigualável talento de Adèle para conseguir realizar esses milagres. Trair uma artista tão talentosa! Que indignidade trair um ser de elite cujas mãos eram capazes de criar tanta felicidade.

Dodin-Bouffant esteve a ponto de abandonar seu projeto. Mas ele achou que as trouxinhas de frango com bacon que sucederam essa bela entrada — ainda que fossem capazes de levar ao êxtase um gourmet menos refinado do que ele — não estavam no ponto perfeito. Elas haviam sido tostadas em fogo alto em excesso, fazendo com que o sumo não se impregnasse com perfeição. Diante disso, Dodin foi reconduzido a uma concepção mais pérfida, e provavelmente mais justa, das coisas.

Como lhe foi servido um queijo Septmoncel cuja lividez terrosa estava exatamente como deveria ser, marmorizada com veias esverdeadas, inebriando-se com esse queijo que ele adorava, Dodin-Bouffant disse casualmente à sua mulher:

— Terça-feira eu irei a Genebra pela diligência das nove horas... Na próxima terça, pois estou preocupado com os rendimentos de algumas das ações das minas suíças...

Esse tipo de argumento era irresistível aos olhos de Adèle, cuja origem camponesa a dotara de um senso bastante preciso da importância do dinheiro. E, para explicar por que ele deveria ir luxuosamente vestido para tratar de assuntos financeiros, Dodin disse:

— Meu banqueiro me convidou para almoçar... Isso não me agrada muito, pois eu não gosto dessas recepções na casa desses banqueiros de Genebra, que sempre acham que estão nos fazendo um favor insigne ao nos convidar para comer em suas casas...

Do alto da colina já é possível avistar Dardagny: uma ilha de telhados marrom-avermelhados em meio ao verde da planície e dos vinhedos momentaneamente desfolhados. Dodin-Bouffant consegue entrever, em meio a algumas grandes árvores, o castelo que ele conhece tão bem, com seu portal ladeado por duas pilastras, seus torreões e os balcões de ferro forjado belamente trabalhado. Seu olhar vagueia ao léu, indo das encostas de Challex até o pico de Oz, deslizando pela cordilheira de Vuache e o monte Sion, depois volta obstinadamente a procurar a ravina às margens da estrada que leva a Saint-Jean-de-Gonville. Não é nessa estrada que a desconhecida vai aguardá-lo, mas como é a única estrada que ele pode avistar por ora, sua esperança se prende firmemente a ela. Seu coração bate tão forte que parece prestes a explodir. Sua mente está indecisa, oscilando entre a vergonha e a felicidade de se descobrir em sua idade tão alegre quanto um querubim. Durante sua longa vivência na região, ele passou inúmeras vezes por essa estrada, passagem obrigatória de todo e qualquer viajante que ruma para a direção nordeste. Mas essa é a primeira vez que ele não pensa na qualidade das velozes trutas que percorrem o rio Allondon, que corre sob seus olhos, assim como não se preocupa com o estado do vinhedo que, do outro lado do rio, escala as encostas entre Percy e Russin.

Quem é essa que o espera ao final do caminho? Como será sua aparência? O destino foi clemente com ele ao revestir de emoção e mistério sua última e mais bela aventura. Sua grande experiência e sua fina argúcia se regozijam com o fato de que o adiamento do romance tenha lhe permitido imaginar como seria essa desconhecida, de modo que a realidade não possa mais decepcionar o sonho. Ele tenta assim sufocar, sob a sabedoria da idade, a inquietude que cresce em seu íntimo, à medida que a diligência o conduz cada vez mais para perto do encontro marcado. Não é apenas seu coração palpitante que ficou abalado com a situação: com tanta emoção, uma onda de angústia remói suas entranhas.

Dardagny! Já? Tão rápido! Dodin-Bouffant apeia da diligência com alguma dificuldade, sentindo-se um tanto fora desse mundo. Onde está a estrada para Vernier, que, no entanto, ele conhece tão bem?

Ele passa diante dos terraços do castelo e da aleia dos castanheiros, mas sem vê-los. Ao longe, os Alpes se estendem em uma suave linha azul entrecortada pela silhueta fantasmal dos Dents d'Oche. A aldeia é extensa e ele a percorre sem fôlego, invejando os camponeses despreocupados que bebem diante dos albergues sem conhecerem as angústias do Prazer que o convidou. Ele se encontra finalmente: depois da última casa, é preciso virar à esquerda para pegar o caminho para Vernier. A estrada está completamente deserta, com aquele vazio luminoso e poeirento prenunciador do verão.

Detém-se um momento para suspirar de felicidade. Ninguém. Que alívio! Ele veio. Ele se comportou de forma viril. Mas a aventura não teve o desfecho esperado, porque a desconhecida não compareceu ao encontro que ela mesma marcou. Ele imagina então que tudo não passou de uma farsa. Pouco importa: os farsantes ficarão decepcionados, pois tudo o que eles conseguiram fazer foi lhe proporcionar o prazer de um delicioso passeio. Ele vai retornar pela diligência do Jura, que passa por ali às onze horas, e assim terá tempo para almoçar em Choully um daqueles frangos que somente a Mãe Niclet sabe preparar. E que delicioso vinho de Satigny, novo e suave, ele vai tomar!

Expulsando logo da mente suas preocupações amorosas, Dodin-Bouffant procura apreciar o charme dessa bela planície ondulada que, de vinhedo em vinhedo, de aldeia em aldeia, de bosques em ravinas, se desdobra em direção ao Jura, até o imponente e altaneiro monte Salève, acentuando a luminosidade úmida do lago Léman invisível na distância.

Dodin-Bouffant retoma a marcha com passos curtos, sem pressa. Reencontrando sua velha amiga: a arte da deambulação, da *flânerie*. À sua direita, um campo de trevos encarnados espalha seu tapete violáceo, da mesma cor de um Morgon translúcido e vibrante. À esquerda, segue o muro musgoso de um parque que, alguns passos à frente, termina, cortado por uma pequena pista que o separa do oceano ondulante de um grande trigal.

Antes de chegar ao final do muro, Dodin-Bouffant estacou de súbito, com os olhos arregalados, as sobrancelhas arqueadas, a boca aberta e toda a face tomada por irresistível estupor. A mão que ele havia erguido para enxugar o suor da testa ficou paralisada no ar, somente seu coração se movia atarantado, acima do ventre proeminente, por entre as abas da sobrecasaca aberta. Atrás do ângulo do muro, em meio a um emaranhado de folhas, a ponta de um nariz, um olho, uma mecha loura, uma metade de perfil surgiram, observando a estrada. E logo apareceu a cabeça inteira, com um rosto adorável aureolado por loucas ondas douradas e um jovem corpo curvilíneo e deleitável, com um braço esticado para trás segurando os arreios de um cavalo atrelado a uma pequena charrete azul-clara. Dois olhos brilhantes, sorridentes e uma boca impagável iluminaram de repente uma situação um pouco embaraçosa, imitando a corpulenta surpresa do gastrônomo. Uma delicada mão colheu no ar a mão petrificada de Dodin, conduzindo-o para a charrete. Instantes depois, ei-lo acomodado no banco estreito do veículo, com o corpo espremido contra o corpo mais deslumbrante que ele poderia sonhar!

Dodin-Bouffant havia reconhecido o rosto assim que o vira emergir de trás do muro. E agora que ele o examinava de soslaio, sem ousar se virar para encará-lo, recordava exatamente em que local, em que ambiente e em que circunstâncias ele havia conhecido sua anfitriã. Ele reviu em pensamento a confortável residência da comuna de Bossey, casa de velhos amigos, na qual foi apresentado à jovem viúva, Mme. Pauline d'Aizery. Como sua memória era eminentemente gastronômica, Dodin juntou a essa lembrança a recordação de um ensopado de javali. Muito inspirado, ele havia discorrido na ocasião a respeito das regras imperiosas de cozimento da carne de caça, sobre o encantador poder de seu aroma, sobre os sumos que emanam das suas carnes e se harmonizam bem com os vinhos da Borgonha. Dodin-Bouffant estava em plena forma e seu discurso era marcado por belas e poéticas expressões que — ele havia notado na ocasião, mas depois esquecido — despertavam vívido interesse na senhora Pauline d'Aizery, que acompanhava sua fala com uma atenção apaixonada, como se levitasse de emoção. Recordava também que os olhos adoráveis e ingênuos da jovem viúva emitiam faíscas metafísicas ao ouvir suas elucubrações gastronômicas.

O cavalo subia agora, com passo firme, em direção à comuna de Russin. Providenciais solavancos da charrete faziam com que os joelhos de Dodin e Pauline se tocassem com frequência e que os corpos de ambos se chocassem de tempos em tempos, sem que a bela viúva se preocupasse em evitar o contato. Um tranco maior fez com que os louros cabelos de Pauline roçassem o rosto do bem-aventurado gastrônomo. Mas a ansiedade de Dodin estava nos pincaros: como se comportar nessa situação? O mestre havia restringido até então suas conquistas a um meio em que as mulheres — ainda que afetando ares de verdadeiras damas — não faziam tantas restrições aos avanços masculinos e não tentavam evitar ferozmente o desfecho que, mais cedo ou mais tarde, redundaria no mesmo eterno enlace. Caso ele estivesse sentado ao lado de determinada costureira, de certa burguesa, daquela jovem atriz ou daquela professora de dança nas quais ele pensava agora, ele não hesitaria em enlaçá-las pela cintura e nelas aplicar um primeiro beijo, sobre os cabelos, atrás da orelha. Mas como a sra. Pauline d'Aizery, por mais liberal que parecesse ser, iria aceitar uma rude investida amorosa como esta? Deveria existir, com certeza, um ritual apropriado para obter os favores de uma mulher daquela categoria. Mas qual? Por outro lado, levando-se em consideração a ousadia das cartas enviadas pela convidativa viúva, que pareciam demonstrar que ela estava decidida a chegar aos extremos desde o início, ela não iria ficar surpreendida com o acanhamento e a inocência do mestre? O honesto Dodin-Bouffant, mais experiente nos assuntos de culinária do que em decifrar o coração feminino, não podia imaginar que Pauline d'Aizery já havia percebido seu embaraço. Mais ainda: ela o havia previsto. E, aventureira, livre e sensual como era, parecia se divertir com a possibilidade de conquistar "um homem ilustre". Ela intuía em Dodin uma sensualidade, uma avidez, que bem direcionada não deveria ficar restrita apenas ao âmbito da gastronomia, e sim a outras fontes de prazer além da boca. Ter ao seu lado, para si, bem perto dela, Dodin-Bouffant, conhecido na França inteira, em toda a Europa, depois de seu entrevero com o príncipe da Eurásia! Essa sua paixão pela gastronomia era, de fato, mais nova do que o deslumbramento das parisienses pelos livros dos poetas malditos que estavam na moda.

Mas um temor dominou Pauline: era preciso que Dodin permanecesse completa e irrevogavelmente gastrônomo, que o transtorno amoroso ao qual ela pretendida submetê-lo não o reduzisse às medíocres dimensões de um reles mortal. Caso Alfred de Musset estivesse sentado ao seu lado, no lugar do Mestre incontestável da grande culinária, ela adoraria caso ele se exprimisse apenas em alexandrinos perfeitos.

Pauline d'Aizery logo foi tranquilizada: Dodin-Bouffant, que havia se decidido, durante um período de silêncio, a acentuar como quem não quer nada as deliciosas fricções provocadas pelos solavancos, recolheu-se de repente, com o rosto contraído por uma nuvem de angústia. Um pensamento atravessou seu espírito:

— Madame — disse ele, meio sem fôlego —, a senhora me informou em suas missivas que iria dispensar toda a sua criadagem para que nós pudéssemos ficar a sós em sua casa...

— Sim. Por quê?

— Então, quem, nesse momento, está vigiando a preparação dos pratos, escrutinando com olhar atento o cozimento de vossos patos? Vai ficar tudo queimado, ou no mínimo tostado!

Uma espécie de exaltação, de plena alegria, desceu dos céus sobre a jovem viúva. Ela reencontrara o Dodin-Bouffant a quem amava desde que o havia conhecido. Mais lendário ainda do que antes, maior do que a realidade, maior do que ela o havia imaginado quando preparara os banquetes que ele não viera degustar. Ao externar sua preocupação com o cozimento dos pratos, Dodin-Bouffant recuperara todo o seu brilho, resplandecendo como um ídolo.

— Tranquilize-se, grande homem: estou trabalhando para o senhor desde as cinco horas da manhã, assim como o fiz na última terça-feira e na terça-feira anterior. Aquela a quem confiei durante apenas uma hora a supervisão da minha obra — e que irá desaparecer assim que escutar o som da charrete e o chocalho do meu cavalo entrando no pátio da minha casa — é uma digna cozinheira. Nós estaremos a sós, conforme prometi, e nenhum prato ficará ressecado ou esturricado. Isso eu posso garantir!

Quando a charrete entrou no jardim da vila da sra. d'Aizery, a sintonia entre ela e Dodin já era absoluta. A ousada sensualidade da jovem viúva inflamava-se deliciosamente ante a tímida sensualidade de Dodin-Bouffant. Ela sentia que ele podia ser ardoroso, mas envergonhado: o fogo que ele acalentava não chegava a perfurar as cinzas da inexperiência que o sufocavam. Ela desfrutava por completo o prazer antevisto da conquista do grande homem. O portal de entrada da vila não ostentava nenhum nome. Mas o frontão apresentava aos convidados e a quem passasse pela estrada estes versos de Horácio:

O QUE É, ENFIM, ESSE GRANDE DESCONHECIDO
QUE OS SÁBIOS CHAMAM DE BEM,
O BEM SOBERANO POR EXCELÊNCIA?

O estado de espírito e a concepção moral expressa nessa sentença cética e possivelmente epicuriana não escaparam a Dodin-Bouffant, bom conhecedor dos autores clássicos. Sua perspicácia acentuava-se à medida que ele se habituava à sua situação paradoxal e se tranquilizava ao constatar que não seria obrigado a desempenhar um papel que não estivesse acostumado e que, por um capricho singular, mas muito bem-vindo de sua anfitriã, ele deveria apenas aguardar, enquanto recebia as homenagens que ela lhe prestava, o momento certo de se entregar ao prazer.

A charrete fazia o cascalho branco chiar sob suas altas rodas. Do banco elevado, Dodin-Bouffant tinha a impressão de navegar em um oceano de carnudas rosas vermelhas, amarelas, brancas, que agitavam suas pétalas de cores deslumbrantes sobre o doce verdor do entorno. Pompons cremosos ou encarnados, elas subiam superpondo-se pelos arcos em treliça; incoerentes e selvagens, elas explodiam em grinaldas de roseiras bravas; levemente tingidas, elas caíam em cascata; púrpuras, elas flamejavam; lívidas, elas se estendiam lânguidas; ocres, elas pareciam esculpidas em âmbar sangrento. Embalado por excitante desconforto, Dodin-Bouffant inalava o ar puro do campo, enquanto deixava que a fantasmagoria das manchas multicoloridas das flores acalentasse o seu olhar.

A vila era construída no estilo da comuna de Meillerie, com o aspecto sólido e confortável das casas de campo genebrinas. O interior era simpático, dotado de uma feminilidade muito especial, desdenhosa das ninharias e mais impregnada de cuidados com o sensualismo profundo do que com as vaidades de impressões superficiais. Todos os sofás e poltronas induziam ao abandono; as cores envolviam mais do que agradavam. O pequeno salão no qual Pauline instalou o seu convidado incutiu nele um sentimento de doce mistério. O amarelo suave, cor de algumas das flores do roseiral, imperava nos amplos tecidos que forravam as paredes, dissimulando os ângulos e as portas e eliminando todas as formas precisas do salão. As cadeiras, de espaldar alto, com assento recheado de plumas, pareciam ansiosas por atrair os hóspedes em sua macia consistência. Na água de duas jarras negras e acobreadas, abriam-se como olhos arregalados largas folhas vermelhas. Dodin-Bouffant sentia-se inebriado por um perfume insinuante, fresco e apimentado, que envolvia todo o ambiente. A janela, aberta sobre a vasta planície do Rhône e o vazio do céu, enquadrava uma pequena faixa da margem esquerda do rio, para além de uma banda calcária da falésia, deixando entrever ao longe um ponto de verdura em torno das pás do moinho da Ratte e os telhados de Aire-la-Ville. Dodin, longe, bem longe dos móveis vetustos de sua casa ancestral, todos de madeira polida e linhas bem precisas, entregava-se a um sonho: Adèle, Beaubois, Trifouille, o Café de Saxe... tudo isso flutuava agora na bruma, desvanecido, em outro país, em outro planeta, inexistente.

— Vou deixá-lo um pouco a sós com isso aqui e vou me ocupar da sua felicidade na cozinha — murmurou a jovem viúva baixinho no ouvido de Dodin, ao mesmo tempo que pressionava o busto contra seu ombro.

E ela apontou com o dedo uma garrafa e duas taças sobre uma mesinha. Arrancado de repente dos seus devaneios, Dodin-Bouffant identificou de imediato um excelente vinho português Ervedosa, do vinhedo das Mesdames Conceicôes, que misturou em sua boca um suave sabor másculo ao do beijo que Pauline o deixou roubar antes de deixá-lo.

Dodin começou a refletir a respeito do estremecimento da sua promessa conjugal, pois Adèle só adquiria certa consistência em seu espírito quando ele se dava conta, um tanto desesperançado, de que iria fatalmente enganá-la. Na verdade, e ainda que a qualidade do vinho contrariasse essa opinião, o salão no qual ele estava lhe pareceu mais propício ao amor do que à grande gastronomia. Valendo lembrar que uma alcova galante dificilmente seja o quadro de uma sala de jantar concebida com seriedade. Contudo, ainda que ele acalentasse algum remorso, o fato é que estava prestes a trair Adèle e a gastronomia que ela representava. Caso a mesa fosse bem-posta — pois nesse ponto ele era intransigente e exigia um mínimo de compostura —, estava prestes a se entregar sem hesitação aos delírios carnais nesse dia de Afrodite.

Dodin-Bouffant examinava com pouco interesse diversos objetos espalhados sobre as mesas: um espelho de mão, uma caixa de bombons, uma echarpe de musselina... e impregnava-se, de certa forma, dos reflexos da beleza, das vibrações e do charme da sra. Pauline d'Aizery por intermédio desses aperitivos da volúpia. É evidente que a deliciosa jovem sintonizada com a moda como ela era não poderia deixar de consagrar nada menos que suas melhores intenções e seu indiscutível instinto de degustação à grande arte da gastronomia. Uma arte que, no entanto, exigia meditações que ela não devia ter o gosto de aprofundar, uma experiência que ela não teve tempo de adquirir, uma genialidade que combinava mal com a leviandade. Fora de si, embevecido por um elã de ilusória jovialidade, Dodin-Bouffant, inebriado pelas perspectivas do deleite carnal, resignava-se. Sim, ele, que não havia conseguido disfarçar sua indignação com o festim que lhe foi oferecido pelo príncipe herdeiro da Eurásia. As circunstâncias excepcionais e graciosas da situação em curso o deixaram com um estado de espírito mais maleável do que jamais poderia imaginar.

Pauline d'Aizery entreabriu a porta e passou — como havia feito antes, pelo ângulo da parede — sua bela cabecinha, que surgiu no momento mais adequado para incrementar os sonhos voluptuosos do velho gastrônomo. Incentivado pelo beijo recente e muito galante, ele pegou sua taça com a mão direita quando Pauline se aproximou do vinho português e arriscou, sem que ela reagisse, em passar o braço esquerdo sobre os belos ombros semi-desnudos por um decote estival. Ele fez com que sua nova amiga sorvesse a esplêndida bebida em pequenos goles.

— Vamos passar à mesa agora — ela o intimou, com uma risada feliz. — Serei eu mesma quem irá servi-lo, pois estamos completamente sós.

A sala de jantar era mais tradicional do que Dodin-Bouffant poderia imaginar: forrada de mogno, ela era decorada, de maneira sóbria e requintada, com referências gastronômicas pintadas ou esculpidas em madeira. Diversas garrafas acolhiam o conviva sobre um aparador, oferecendo-lhe o sorriso de suas luminosas transparências. Dodin percebeu de imediato que a mesa, sólida, ampla e espaçosa, estava encostada em um amplo divã violeta, capitonê como um colchão, o único assento disponível no aposento. Os dois lugares deles estavam marcados lado a lado por um acúmulo de almofadas diante de pratos elegantes e taças tão numerosas quanto impressionantes. Sobre a mesa, fumegava um grosso salame não muito longo, quase tão alto quanto longo, rugoso sob uma pele transparente e suculenta. Pauline cravou nele um garfo, fazendo jorrar uma olorosa e perfumada gordura cujo forte aroma mascarava até o perfume das três rosas colocadas sobre o bufê.

Recuperando a seriedade, pois nada nesse mundo poderia prevalecer sobre a importância de uma refeição, Dodin-Bouffant experimentou a carne rosada e teve uma grande surpresa: apesar de toda sua experiência, ele não era capaz de discernir nenhum dos ingredientes dos embutidos tradicionais. Mas, depois de visível esforço, seu rosto foi iluminado por uma solene beatitude.

Ele chegou a distinguir o gosto de diversas carnes inesperadas, de ervas raras, de condimentos picantes misturados a longínquas lembranças de creme e de vinho, era o que lhe parecia, e tais inovações o deixavam surpreso. Dodin repousou o garfo, mas antes que ele conseguisse dizer algo, Pauline, que enchia sua taça, atalhou:

— O senhor verá como esse Vaumorillon um pouco encorpado se harmoniza bem com esse aperitivo.

E ela veio, não se sentar, mas se aconchegar junto a ele, que respondeu com um olhar tão cheio de emoção que dispensava qualquer palavra. Ela murmurou, como se já tivesse se entregado a ele:

— Você está feliz?

Estando colado a ela, Dodin deu como única resposta o gesto de apoiar delicadamente a cabeça no seu ombro. Como se ela já estivesse ternamente satisfeita, Pauline inclinou sua fronte e acariciou os cabelos dele. Depois, levantou com gentileza sua cabeça e disse, com a voz séria:

— Mestre. Está na hora de pegar a enguia, se ela ficar um minuto a mais…

O argumento era irresistível:

— Vá em frente, Pauline — disse ele, arriscando-se a pronunciar pela primeira vez o nome dela.

Foi um puro encantamento. O peixe, fresquíssimo, pescado em água corrente, tinha boa espessura, com uma carne muito branca, impregnado do gosto de ervas selvagens e de água límpida. Porém, isso só atestava a segurança da escolha. O que revelava todo o talento da anfitriã era o molho: não havia nele nenhuma nota dissonante. Tudo era pura harmonia, e o paladar experiente do gastrônomo nele descobria as mais finas nuances combinando--se em um conjunto voluptuoso e impressionante. Depois de degustar lentamente a enguia no silêncio reflexivo dos grandes recolhimentos, Dodin-Bouffant repousou o garfo e acariciou a sra. d'Aizery com os olhos marejados de emoção. Depois da declaração muda e prolongada desse arroubo sensual revelador do seu entusiasmo, ele balbuciou sufocado pela descoberta desse gênio insuspeito:

— Pauline... Pauline... Como você conseguiu?

— Para o senhor eu me esforcei bastante... E quando sentimos a vocação crescendo em nós... Foi o senhor quem me inspirou!

— Sim, mas você não cometeu nenhum erro, nenhum... Como você conseguiu combinar essa gama impecável de sabores perolados?

— Eu selecionei meus ingredientes escrupulosamente e durante um bom tempo — disse ela, animada com o triunfo. — Assim, para compor um caldo de cozimento eu experimentei mais de cinco vinhos brancos e acabei escolhendo um da Lorraine, um Dornot, pouco conhecido fora da sua região de origem, mas cujo sabor terroso e vaporoso é perfeito para acariciar a carne de uma enguia. Ah, minha manteiga! Foi difícil encontrar uma do jeito que eu queria, proveniente de vacas alimentadas apenas com trevos! E as minhas vinte cebolinhas! As pessoas pensam que se pode usar qualquer tipo de cebola em todos os pratos!

Ela havia falado com entusiasmo, seguindo o fluxo imperioso da inspiração, enquanto Dodin, com a boca cheia, concentrava toda a sua atenção e todas as suas faculdades gustativas para seguir as explicações de Pauline, que o conduziam para um mundo de refinamentos que até mesmo ele, Dodin-Bouffant, não havia explorado em sua plenitude. Um mundo realmente belo de se contemplar e que teria perturbado qualquer outra mulher que não estivesse a um só tempo apaixonada por ele e por sua glória. Iluminado pela emoção e pela surpresa, com a descoberta de uma real maestria onde ele esperava encontrar apenas uma talentosa amadora, o nobre epicurismo de seus traços vibrava de ardor: a paixão que emanava dos seus olhos era capaz de romper a mais fechada das noites; o inchaço sensual das suas narinas reafirmava o desenho de seu nariz; o tremor de seus lábios denunciavam uma vida misteriosa; as costeletas brancas e o desenho das bochechas e da fronte se torneavam em pura grandeza.

Pauline contemplou-o com ternura mais uma vez, orgulhosa de ter conseguido incendiar a alma do ilustre gourmet. Entrefechando os olhos, fazendo trejeitos infantis e aproximando seus lábios do dele, ela sussurrou:

— Ainda feliz?

Dodin-Bouffant precisou apenas colher o beijo ardente que dispensava qualquer tipo de resposta. E a doçura de um vinho Clos de Bruandières perfumou longamente as lentas e profundas carícias dos seus lábios, que seus paladares devoravam. Eram dois poetas ao mesmo tempo inspirados, que traduziam sua celeste exaltação por meio de gestos, dispensando as palavras.

As coisas estavam indo muito bem para o lado de Dodin-Bouffant, pois eles chegaram na estrada do amor, àquele ponto em que as mesmas preliminares são convenientes tanto para uma marquesa quanto para uma criada, tanto para uma burguesa quanto para uma camponesa. A fortaleza é atacada com vinte estratégias diferentes, mas o ataque final é feito sempre da mesma forma: sem hesitação. O fim estava próximo e era evidente que dentro de alguns instantes o grande homem, como todo e qualquer grande homem, teria enfim sua Egéria... Mas, de repente, ambos se levantaram ao mesmo tempo:

— Os patos! Gritaram em uníssono, com a mesma voz angustiada.

Ela correu para a cozinha, ainda a tempo. Enfim, nada havia sido comprometido. Mas foi por um triz.

Pauline trouxe com ar triunfante a travessa com o belo empadão dourado. Seu andar estava ritmado pela soberana certeza de contar com a admiração já conquistada do mestre e pela autoconfiança insuflada pela convicção de obter a vitória.

Antes de servir o magnífico empadão com sua crosta estufada, ela encheu as taças de ambos — com que solicitude, com que delicadeza de movimentos! — com um vinho gervais Clos de la Perrière, cuja fineza da seiva madura e seu esplêndido buquê bailavam nas transparências de uma cor suave e profunda. Depois, ela ornou o prato do seu convidado com o mais surpreendente empadão que se possa imaginar. O aroma, até então aprisionado sob a crosta fechada, inundou subitamente a sala de jantar com seu olor alegre, jovial e estonteante.

Inebriado pela perfeição complexa da felicidade que o dominava, Dodin-Bouffant levou à boca a primeira garfada, que ele havia habilmente composto com um pedaço de carne, bastante recheio e um pouco da crosta. Ele iria, em suma, absorver de uma só vez a síntese do prato.

Foi uma verdadeira vertigem: como se ele absorvesse uma porção do absoluto… Um prazer inebriante tomou conta do seu cérebro: Dodin sentiu o paladar daquele tipo de realização perfeita, em que se atinge a eternidade do divino, que raríssimas obras humanas podem proporcionar.

Pauline leu essa epifania no rosto dele tomado pelo êxtase. Ela sentiu que o havia transportado, com um bater de asas, para um ponto mais alto ainda do que o cume ao qual ela o havia transportado antes. Desabrochando pela conjunção do apetite, do orgulho e da iminência da realização dos seus desejos, ela recostou-se no amante como uma linda planta se inclina ante as brisas mornas da primavera… Mas sentiu uma mão que a repelia com delicadeza…

— Não vamos deixar esfriar. Vamos comer antes, depois eu lhe direi...
E o empadão foi degustado com um constrangimento misturado à respeitosa admiração.

Quando Pauline, inquieta, mordida, desconfortável e perturbada, levantou-se para encher as taças de ambos com o gervais e trocar os pratos, Dodin, que sabia ser solene e autoritário quando necessário, imobilizou-a com um gesto.

— Nós estivemos, cara madame, na borda do precipício. Eu não me arrependo das homenagens insistentes que prestei à vossa beleza. Seria possível para mim permanecer insensível ao esplendor do seu corpo e imune ao brilho dessa sua personalidade tão semelhante à minha? A senhora pressentiu, ao me convidar com tocante insistência, que me sensibilizou sobremaneira, que o mesmo culto apaixonado pela boa mesa que nós cultivamos seria indicador de um ardor mais amplo e geral, que ultrapassava os limites da simples gula. E, desde o início, nós decidimos tacitamente, em nosso íntimo, ceder às conclusões dessa lógica irrefutável. Eu fui encorajado pelas manifestações imprevistas do que eu imaginei ser "seu gosto" desde os primeiros bocados de vosso memorável salame, após o que sua obra-prima em forma de enguia fez com que meus escrúpulos, meus deveres e meus compromissos, aos quais vossa presença já havia dado um tão rude golpe, desvanecessem enfim... Uma certeza emergia das cinzas das minhas convicções: eu havia encontrado na senhora uma Adèle Pidou jovem, bela, perfumada, bem-nascida, elegante, uma musa, enfim. A deusa que o poeta ou o músico encontram eventualmente ao longo das suas trajetórias, mas que o gastrônomo não encontra jamais e que eu, em toda a minha vida, sonhara em encontrar. Aqui estava a senhora: a musa perfeita!

De pé diante da mesa, paralisada na posição em que o discurso de Dodin-Bouffant a havia surpreendido, Pauline d'Aizery sentia o ritmo acelerado do seu coração. O gastrônomo continuou:

— Mas o seu empadão de carne de pato chegou e, desde a primeira garfada, tive a convicção de que a excelência do banquete não era o fruto feliz do acaso, e sim a mais pura expressão da sua genialidade... Sim, eu o afirmo alto e bom som: a expressão de um grande gênio, de uma concepção voluntária, de uma inspiração misteriosa, de admirável mestria! Assim, tendo encontrado a minha igual, mais ainda, alguém superior a mim, eu não tenho mais o direito de dispor da senhora para meu exclusivo prazer, e nem mesmo para nosso mútuo prazer.

"Devo admitir que a senhora me encheu de esperanças, pois malgrado meu silêncio a senhora me convidou três vezes. E, confesso agora, passei a amá-la desde sua primeira carta.

"Mas, deixe-me dizer, na condição de um homem que a senhora rejuvenesceu, porém sem esquecer sua antiga experiência: o amor acaba envenenando a existência quando não nos conduz para a plenitude de uma vida em comum. Tal coisa é possível entre nós? Não estou aprisionado pela gratidão por uma companheira que já me proporcionou 15 anos de devoção, sem jamais arruinar uma refeição? Não sou prisioneiro do meu cotidiano? E a senhora mesma iria, por respeito à nossa arte, aconselhar-me a atirar no vazio e a condenar ao sofrimento uma mulher que me beneficiou com sua obra sempre fidedigna e magnífica? Então? Confesso: caso tivesse encontrado na senhora apenas uma amadora ingênua, com um capricho momentâneo pela culinária, eu não teria hesitado em ceder aos desejos imperiosos da sensualidade sem me preocupar com os danos que causaria. Aliás, esse era meu infame propósito até o momento em que degustei vossa enguia à *la poulette*. Mas o empadão de pato me advertiu de forma peremptória que eu não tinha o direito de massacrar uma alma de artista como a vossa. Vosso entusiasmo e vossa genialidade não resistiriam às enervantes esperas de encontros raros e tumultuados e à impaciência de uma vida solitária que vos pareceria mais vazia, caso a senhora abrisse espaço para mim na esperança de ocorrências inviáveis. Vosso talento feneceria, a poeira o invadiria, as cinzas da desolação o sufocariam. Ao que parece, a senhora pretendia exercer apenas em meu benefício a nobre arte da culinária, que toca as próprias raízes da existência e exprime todas as suas nuances, molda-se a todas as suas vicissitudes, acompanha e espelha todas as aventuras dos nossos corações. Contudo, isso não seria viável, já que eu estaria quase sempre ausente. Assim, melhor dizer: nunca. Além disso, como todas as demais grandes realizações humanas, a alta culinária só pode ser praticada em um estado de inspiradora alegria, o que lhe seria negado. Quantas obras de arte gastronômicas seriam assim perdidas em virtude de uma alma amargurada e decepcionada... Não! Eu não tenho o direito de estrangular vosso talento, cuja aurora antecipa com certeza magníficas realizações. Meu amor incompleto e falho só traria trevas e brumas para vosso alvorecer. Eu não tenho esse direito. Eu não tenho o direito de aniquilar uma alma inspirada! Que triste imbecil seria eu se, tendo consagrado uma vida inteira a proclamar minha fé na gastronomia, massacrasse em seu altar a Anunciadora que acaba de surgir! Se a senhora não fosse a artista inspirada que é, eu certamente teria colhido o amor que a senhora me oferece, com o fervor de um velho homem que uma bela jovem se digna a notar."

Dodin-Bouffant esvaziou sua taça de vinho e enxugou a testa. Com esse discurso, feito em um arroubo, direto do fundo do coração, ele havia santificado uma vida de paixões e sepultado cinquenta anos de sonhos.

Pauline d'Aizery viu-se capturada na própria armadilha e sentia, apesar de tudo, que sua frustração desvanecia diante da ingênua sinceridade do mestre. Ela havia desejado se tornar amante e imperatriz do grande homem sem pensar na legitimidade de sua ambição e nas consequências imprevistas das provas de afeição que ela iria lhe prodigar. Ela havia planejado seduzir e dominar Dodin-Bouffant por intermédio da exaltação de todos os seus sentidos, mas não havia previsto que até mesmo a sensualidade pode implicar a vontade de não sucumbir aos desejos carnais para preservar a pureza e a moralidade. Ela havia contemplado o homem Dodin-Bouffant aqui na terra, e isso a havia impedido de perceber o Dodin-Bouffant apóstolo, entre as estrelas do Céu.

Todavia, a veneração demonstrada pelo mestre lisonjeava o amor-próprio da jovem viúva de tal forma que o resto do almoço transcorreu sem rancor aparente, muito embora revestido de certa formalidade. Dodin-Bouffant degustou todos os pratos que lhe foram servidos com real interesse, acompanhando-os de tantos elogios sinceros, que Pauline ficava arrepiada de orgulho e um tanto quanto consolada pelo fracasso da sua tentativa de sedução, pois, afinal de contas, ela havia arrancado elogios entusiásticos do mesmo ilustre personagem que o príncipe da Eurásia não havia conseguido impressionar com seu magnífico festim!

Depois do almoço, digna, respeitosa e entristecida, Pauline acompanhou seu convidado até o ponto de parada da diligência, consolando-se com a promessa que Dodin havia feito de retornar um dia... Quando a pesada diligência apareceu, em meio a uma nuvem de poeira na entrada da aldeia, Dodin-Bouffant pegou as mãos de Pauline, olhou-a nos olhos, deixando entrever um rápido lampejo de arrependimento, tão fugaz quanto o reflexo de uma truta na superfície de um riacho, e disse:

— Minha filha, você me proporcionou uma das mais maravilhosas experiências de toda a minha vida. Mas há cerca de uma hora eu venho refletindo: o que foi que você preparou nas duas terças-feiras em que eu não vim?

A CRISE

Por mais grandioso que Dodin parecesse ser aos olhos dos seus contemporâneos, e ele de fato o era, no fim das contas não passava de um ser humano. Trinta anos de comida saborosa e de grande qualidade haviam deixado sequelas em seu corpo, ainda assim forte. Essa era uma eventualidade que ele havia previsto há tempos, filosoficamente e com grande serenidade na alma. Contudo, quando na manhã do dia seis de novembro ele foi bruscamente despertado por uma dor aguda no dedão do pé direito e quando viu o dedo inchado e sentiu a queimação constante que se alternava com lancinantes pontadas de dor, reconheceu que a doença era muito mais dolorosa do que ele havia sido capaz de imaginar!

Contudo, prevendo que as reclamações a respeito do seu sofrimento não deixariam de suscitar as mais insuportáveis admoestações burguesas a respeito dos excessos dos seus prazeres gastronômicos, dos riscos oferecidos pelas comidas excessivamente ricas e pelos vinhos mais deleitáveis, Dodin-Bouffant esforçou-se para esconder dos seus convivas a dor, sufocando os suspiros e os ais e, quando muito, deixando escapar uma ou outra careta de dor.

Mandou logo chamar o dr. Bourboude, já que não concedia ao médico Rabaz a mesma confiança que concedia ao Rabaz gourmet.

É evidente que o dr. Bourboude diagnosticou sem hesitações uma crise de gota, advertindo:

— Veja bem, essa é uma crise leve, da qual o senhor logo estará livre, mas cabe ao senhor decidir se está disposto a enfrentar uma segunda crise muito mais violenta e de longa duração. Se desejar evitá-la, só há um jeito: uma severa dieta. Como eu estou certo de que o senhor não será capaz de se submeter regularmente ao estrito regime necessário, eu libero qualquer tipo de alimento — e isso, por sua conta e risco — no almoço, mas recomendo a eliminação total de carnes e embutidos no jantar. Essa é a oportunidade que o senhor tem de não sofrer uma fortíssima crise dentro de pouco tempo...

Dodin escutava o médico com ar sério e compenetrado. As tristezas da alternativa que lhe era oferecida chegaram até mesmo a atenuar por algum tempo as dores da crise de gota. Um regime! Ele, Dodin-Bouffant, fazendo regime! Havia em sua angústia não apenas toda a pavorosa realidade dessa palavra essencialmente antigastronômica, mas também uma espécie de vergonha, de apequenamento e de melancólica ironia.

Dodin contemplava seu reflexo no espelho, situado acima da lareira, diante do seu leito. Que restava ali do elegante Dodin-Bouffant que havia conseguido atrair Pauline d'Aizery? Ela logo fugiria dele, se pudesse vê-lo nesse estado, com o corpo desvitalizado, sem energia por causa da doença, com os olhos sem brilho pelo sofrimento, abatido sem piedade pela súbita chegada dos 65 anos que ele soubera evitar durante tanto tempo! E o que ela diria, se soubesse que ele estava fazendo regime!

Entretanto, a dor lancinante impunha ao seu espírito a abominável determinação médica: "Nada de carne no jantar." Essas palavras do dr. Bourboude ressoavam em seu cérebro com uma autoridade que ele só conseguia refutar debilmente, ainda mais porque ao virá-las e revirá-las em seu pensamento ele se via forçado a aceitá-las ao pé da letra, embora buscasse atenuá-las a ponto de torná-las quase inofensivas. Caso a obediência à recomendação médica fizesse com que ele conseguisse escapar da tortura que consumia seu corpo nas últimas 48 horas, Dodin-Bouffant sentia que a vida poderia se tornar novamente suportável.

Com efeito, a crise cessou muito rapidamente, como havia prognosticado o dr. Bourboude.

Dividido entre a amarga lembrança da terrível dor que ele temia ver ressurgir, talvez até mesmo mais forte, e o pavor instintivo que ele sentia da palavra "regime", Dodin-Bouffant reuniu-se com Adèle para conceber a primeira das draconianas refeições prescritas pela sapiência médica... Assim, após longa deliberação, lhe foi servida no jantar uma sopa bastante espessa e muito condimentada, com lagostim, cardo gratinado, as primeiras trufas da estação, preparadas em papelote sob as cinzas quentes do fogão a lenha, envoltas em uma fatia de bacon. Um bom pedaço de queijo Septmoncel e uma torta de maçã com creme complementavam esse "modesto" jantar.

— Nada de carne — repetia Dodin. — Bourboude ficaria contente comigo.

Como ele estava mais convicto de ter obedecido ao teor do que o espírito da prescrição médica, Dodin empregava prudentemente o condicional, indicador de que ele não tinha a menor intenção de submeter sua interpretação personalíssima do regime ao médico. E Dodin-Bouffant, com a sublime covardia que ele tentou dissimular de início, mas à qual se rendeu bastante rápido, mergulhou no mundo da mentira e buscou organizá-lo.

— Carne vermelha não é toda carne que existe — explicou ele a Adèle —, de modo que o peixe leve, fácil de digerir, não está proibido para mim. Contudo, não pretendo abusar.

O regime de Dodin-Bouffant equilibrou-se doravante entre o molho de alho e o óleo provençal, o fundo de alcachofras recheadas, consomês com *quenelles*, os untuosos e incomparáveis fricassês de cebola, cardos sob todas as formas e cogumelos dos mais variados, em todos os acompanhamentos possíveis, uma grande abundância de trufas e de gratinados de queijo, ricas fondues, ovas em massa crocante. Aipo e endívias ricamente preparados, caldo de lagostim, escargots à *la Provençale*, ovos de pavoncino à *la Du Barry*, quiches e ramequins, omeletes de pontas de aspargos ou de atum, ovos à *la Bressane*, com anchovas ou com molho Béarnaise, macarrão com toucinho, à *la Demidoff* ou ao molho madeira, batatas preparadas de diversas formas, risotos, saladas à *la Lorraine*, à imperatriz, à Lúcifer ou ao Príncipe de Gales, pepinos à *la poulette*, espinafre frito ou frio e berinjelas à *la Palikare*. Tudo isso se revezava, a partir das sete horas da noite, na mesa de Dodin-Bouffant, acompanhado segundo o caso por caudalosas porções de molhos Bordelaise e Gaillarde, Grand Veneur e Indienne, Mirepoix e Rouennaise, Sainte-Menehould e Sultane.

De quando em quando — de modo geral, duas vezes por semana, mais ou menos —, o mestre, meneando a cabeça como o colegial que prepara alguma traquinagem, murmurava à Adèle:

— Vamos fazer hoje uma pequena transgressão sem riscos...

E esta noite a sopa Saint-Marceau ou Flamenga, o creme de agrião ou de parmesão eram substituídos por um espeto de enguia, um guisado de peixe, patê de trutas ou percas à moda do Périgord.

Inclusive, quando ocorria de perceber em algum recheio o gosto de carne vermelha, Dodin-Bouffant abstinha-se de reclamar, fingindo confiar cegamente e sem inquietude na severa vigilância de Adèle e sua assistente. Ocorre, no entanto, que elas, à medida que ia se distanciando a lembrança mais dolorosa da crise de gota, acabavam multiplicando as infrações às prescrições do dr. Bourboude, pois acreditavam que as seguir estritamente acabaria debilitando a saúde do mestre.

Dodin, depois que havia suprimido a carne vermelha do jantar, adquirira o hábito de tomar sérias precauções ao longo do dia. Às quatro horas lhe era servida uma copiosa caneca de café com leite acompanhado de uma torta de amêndoas ou de cerejas, ou bem uma charlote de maçãs, ou bolo de abacaxi, mil-folhas, pudins diversos, chá com creme ou um suflê de pistaches, ou apenas uma dúzia de crepes recheados, tudo isso sempre acompanhado de waffles, brioches e marzipãs.

Às vezes, Dodin-Bouffant ia lanchar no Café de Saxe, tomando o cuidado de encomendar de véspera alguma das suas especialidades: maçãs de Calville com geleia de violetas, que eles faziam ali com grande esmero; um bolo de chocolate; uma compota de peras à *la Cardinale*; uma mousse de maçã ou uma omelete à *la Célestine*. Nesse caso, como ele não suportava o café ali servido, trazia o seu próprio de casa, que fazia esquentar em banho-maria, ou então bebia aquele vinho das Ilhas que ele tanto apreciava.

Acontecia de Dodin-Bouffant ali encontrar o dr. Bourboude, o que não lhe agradava nem um pouco, por sinal. Diante do esculápio, com efeito, o grande gastrônomo sentia-se como um simples colegial surpreendido em flagrante delito. E ainda que a triste verdade dissesse respeito apenas a si mesmo, ele dissimulava a maior parte e contava o resto do seu jeito. O médico, elevando os braços e os olhos para o céu, soltava um suspiro de resignação, e Dodin-Bouffant, sabendo muito bem que essa mímica era presságio de grandes catástrofes, despedia-se do dr. Bourboude cheio de heroicas resoluções e conformado com a ideia dos legumes, das verduras e das batatas cozidas na água e sal. Mais tarde, alegando as mais falaciosas razões, abandonava suas boas intenções e, quanto mais distante ficava da crise de gota, mais jogava sobre seus anseios de frugalidade outra pá de cal.

Ocorreu então aquilo que era fácil de imaginar. No dia 12 de abril, quando Dodin inspecionava as rosas em seu jardim enquanto aguardava a hora do almoço, para o qual o médico não fizera qualquer tipo de restrição, e que adquirira com o tempo proporções consideráveis... nesse 12 de abril, ao meio-dia, o mestre sentiu de repente um arrepio percorrer a perna esquerda. Seu pé, subitamente transformado em chumbo, ficou imóvel. Ele teve a impressão de que inchava; parecia que ficava enorme, que enchia a confortável pantufa, arrebentando-a; parecia que ele também iria explodir. A dor, bem conhecida dele, instalou-se no dedão, dilacerante, ardente e cortante a um só tempo.

Ele pediu ajuda aos berros e, para conseguir se acomodar em uma poltrona, teve que se apoiar nos braços de Adèle e da assistente. Ele pulava em um só pé, arrastando o outro muito inchado e gemendo de dor como uma criança, com o suor molhando a testa e as mãos. As sinistras advertências do dr. Bourboude espocavam em sua mente desorientada pelo sofrimento. O fato de se acomodar em uma boa poltrona na sala de jantar, apoiando o pé doente em uma cadeira, aliviou momentaneamente a dor, mas logo o suplício voltou com força renovada.

Deveria mandar chamar Bourboude? Teria disposição para aturar o sorriso de censura que ele já via se desenhar no rosto do médico? Dodin fechava os olhos, sua cabeça oscilava ao ritmo de sua respiração ofegante, a boca estava contraída, as bochechas tensas... Aparvalhadas, as duas mulheres rodavam tolamente em torno dele, sem saber o que fazer.

Um leve aroma de comida começou a se insinuar na sala e, cada vez mais acentuado, logo se transformou no cheiro de comida queimada.

Dodin percebeu a coisa e se angustiou com o pensamento das carnes carbonizadas, das especiarias evaporadas, dos molhos colados na panela e dos acompanhamentos perdidos. Ele ordenou então com gestos imperiosos que suas duas salvadoras agora corressem em socorro dos alimentos em perigo.

— Você vai ficar sozinho — choramingou Adèle.

— Não tem problema — replicou Dodin, ofegante. — O importante é que a *matelote* de vitela não fique cozida demais.

No entanto, ele não teve condições de almoçar, pois a dor dominava todo o seu corpo e lhe causava náuseas.

Dodin-Bouffant teve um dia atroz, sem conseguir sair da sala de jantar e sem sequer conseguir se levantar da poltrona. O dr. Bourboude respondeu de pronto ao chamado de ajuda, sem proferir palavra, mas Dodin compreendeu perfeitamente a eloquência desse silêncio. O médico havia tratado do doente com devoção, porém sem verdadeira convicção. Sua atitude indicava que ele se sentia impotente diante da paixão gastronômica do mártir. Ele prescreveu uma poção que deveria atenuar por algum tempo as dores, mas que teve muito pouco efeito. Então, removeu o calçado do pé inchado e o envolveu com flanela e cobertores.

Sombrio, obstinado, crispado em uma energia fora do comum diante da catástrofe que o vitimava, Dodin-Bouffant, com a respiração curta e penosa, foi agitado até a noite pela torção lenta e contínua da perna, como se procurasse espanar a dor que o martirizava.

Apesar de tudo, perguntava — com a voz lânguida e alterada, é verdade — sobre o andamento das orelhas de vitela recheadas e o bolo de fígado de aves de Bresse, que deveria compor a base do jantar.

Ele havia convidado seus convivas habituais oito dias atrás e não podia cancelar o jantar. Os amigos chegaram em grupo e foram logo conduzidos ao doente. Em diversas ocasiões, notadamente no momento do falecimento de Eugénie Chatagne, esses bons vivants haviam demonstrado ter pouca resistência à atmosfera da dor e do sofrimento, na qual eles respiravam com dificuldade.

Eles permaneceram de pé diante do gastrônomo abatido, com os braços caídos, os olhos arregalados por um misto de compaixão e temor. Balançando-se de um pé para o outro, eles inquietavam-se com a possibilidade de que a doença de Dodin pudesse interromper suas costumeiras comilanças.

Adèle entreabriu a porta para trazer o vinho Château-Chalon que Dodin sempre oferecia antes das refeições, e um perfume divino de comida insinuou-se na sala, como que vindo de um Olimpo da gastronomia.

Diante desse chamado mágico, Dodin-Bouffant recuperou o ânimo.

Esse era o momento ideal, nessas horas sombrias, de mostrar aos amigos, e amanhã ao mundo inteiro, onde brilhava sua fama, o real valor da alma de um artista da gastronomia do seu nível. Signo e parte integrante da alta cultura, sua determinação continha uma força moral inspiradora de energia!

Ele fez com que Trifouille, Beaubois, Magot e o dr. Rabaz se acomodassem à mesa e fossem servidos do ouro espesso do Château-Chalon. Depois, bem devagar, com grande esforço, medindo cada uma das suas palavras contra as reações involuntárias do sofrimento, como quem mede com cautela os passos ao avançar na borda de um precipício, Dodin começou a falar:

— Não se apoquentem, meus amigos. Degustem com calma e sem remorsos cada gole desse precioso vinho de nossa boa terra que tenho o prazer de lhes oferecer. Posso perceber e reencontrar no brilho de vossos olhos a felicidade que esse néctar, com sua densidade dourada, infunde no íntimo dos senhores. Seria uma arte bastante pobre aquela incapaz de criar lembranças boas o suficiente para evocar as volúpias ou as recordações demasiado vagas para engendrar ainda perfumes. Bebam, meus amigos! Eu desejo vos provar que a dor não é forte o bastante para derrotar uma alma esculpida pela beleza e que extrai os elementos da sua coragem da perfeição das formas, dos sons, das cores e dos paladares. O sofrimento? Não tem ele a mesma essência da volúpia? Deus não quis que a dor e o prazer extremos se conjuguem, para assinalar que nossa capacidade de sentir é limitada e que nossas alegrias e amarguras têm no fundo o mesmo gosto?

Todavia, apesar do seu otimismo epicurista, a triste situação do pé doente tingia de tristeza e melancolia o discurso de Dodin-Bouffant.

— O sofrimento — continuou ele — não existe enquanto nossa alma não se render diante dele. Quem quer que tenha construído em seu íntimo um mundo ideal, ou seja, governado por sua própria vontade, de certa forma pode escapar do sofrimento refugiando-se em seu interior. Meu corpo sofre neste momento, mas meu espírito, ao contemplar os sorrisos que esse vinho esboça em vossos lábios, atenuando vossas amigáveis aflições, alça voo em direção aos jardins de sonho no qual nós preparamos a mesa dos nossos banquetes...

Somente o dr. Rabaz foi capaz de perceber a ironia sutil contida nessa observação. Com efeito, o ardente calor do Château-Chalon ajudava os convidados a melhor suportar a tortura do anfitrião.

— Sirvam-se, meus amigos — disse Dodin-Bouffant, com a voz trêmula, ao ver Adèle trazer as orelhas de vitela recheadas.

Os convivas acomodaram-se bem, estendendo os guardanapos, com garfo e faca nas mãos, prontos para o ataque.

Dodin também estava à mesa, porém sem couvert diante dele.

No momento em que Adèle acomodava a enorme travessa sobre o *réchaud* no centro da mesa, ele o tomou em suas mãos e o colocou à sua frente, inclinando um pouco a cabeça. Ele apareceu como um deus em meio à nuvem de fumaça que emanava das orelhas recheadas e cobertas pela farinha de rosca dourada. Ele aspirava profundamente os perfumes de limão e tomilho, os aromas do timo de vitela e de aves, a fragrância do caldo e do creme fresco; ele aspirava o vinho, a manteiga, a fritura, embriagando-se de todos esses vários aromas. Suas narinas dilatavam-se para absorver melhor todas as nuances dessa sinfonia culinária, e seu olhar se perdia em um êxtase, como se — quase liberado da dor — ele houvesse de fato degustado aquele magnífico prato. Porém, antes de mergulhar outra vez em sua miséria, dirigiu a Adèle um olhar de reprovação e disse:

— Está faltando no seu recheio meia cebola e dois raminhos de salsa!

DODIN-BOUFFANT ENTRE OS BÁRBAROS

Nem o dolorosíssimo alerta de abril, nem as reiteradas advertências do dr. Bourboude tiveram o poder de convencer Dodin-Bouffant a se tratar, seguindo um regime diferente daquele por nós descrito no capítulo anterior.

Não que ele houvesse esquecido as dores que padecera ou duvidasse da ciência do bom doutor, mas o fato é que ele havia encontrado nas regras da sua arte uma disciplina que não deixava lugar para nenhum outro tipo de restrição. E, além disso, ele achava que uma nobre paixão só adquire seu real valor quando enfrenta o martírio. Estremecido ainda pela crise abominável que o havia dilacerado, Dodin-Bouffant sentia certo prazer em desafiar o destino e suas ameaças infernais.

Todavia, em uma manhã de maio, em torno das cinco horas, Adèle acordou bruscamente, também devastada por uma forte dor abrasadora instalada no lado esquerdo do seu baixo-ventre.

Ela chamou, pela porta aberta, seu esposo, que dormia tranquilamente no quarto contíguo. Dodin acorreu, com as costeletas eriçadas, ainda mal desperto, de camisola, a cabeça coberta por um gorro xadrez, arrastando os pés acomodados em pantufas bordadas. Encontrou a sra. Dodin-Bouffant torturada por uma espécie de cólica aguda. Adèle se contorcia sem parar ou saltitava como um peixe fora d'água, ou então virava de barriga para cima ou para baixo, buscando uma posição menos dolorosa. Ela gemia sem parar, entremeando esses lamentos com gritos agudos, quando, em intervalos regulares como os lampejos de um farol, a dor a lancetava, irradiando-se por todo o abdômen. Aliás, longe de atenuar, o sofrimento crescia, dominando toda a barriga e instalando-se em um dos rins, onde encontrou seu refúgio definitivo.

O dr. Bourboude não tardou em se apresentar à cabeceira da doente, declarando de imediato, sem a menor vacilação:

— Cólica renal.

Então, ele rabiscou uma receita para uma lavagem com láudano. Mas, quando terminou de escrever, na escrivaninha do escritório de Dodin-Bouffant, ainda inclinado sobre o receituário, ergueu a cabeça severa em direção ao grande homem, com os óculos na testa:

— Desta vez, caro senhor, não se trata mais do senhor, e sim da sua senhora, agora exposta aos ataques frequentes e extremamente dolorosos das crises renais. O senhor é livre para demonstrar em relação ao próprio sofrimento um estoicismo que eu admiro enquanto homem, ao mesmo tempo em que condeno com veemência enquanto médico. Mas o senhor não tem o direito de exigir de sua esposa a mesma bravura. A senhora Dodin-Bouffant precisa se submeter a um regime bastante severo, assim como passar o verão em uma estação de águas termais curativas.

Como o médico percebesse no olhar cético do gastrônomo que ele não estava de todo convencido, julgou de bom alvitre acrescentar:

— É o tempo exato para evitar problemas de muito graves dimensões.

Como ainda era muito cedo e a vestimenta de Dodin-Bouffant improvisada às pressas, o dr. Bourboude julgou mais prudente falar de forma mais explícita à noite, no decurso da visita de controle que planejava fazer à enferma.

Quando o médico partiu, Dodin-Bouffant retornou para junto da esposa. Pierrette aplicava compressas quentes no corpo retorcido de dor de Adèle, mas elas surtiam muito pouco efeito. Impotente, enquanto esperava os remédios que a faxineira havia ido buscar na farmácia, ele sentou-se em uma cadeira próxima à janela. Pouco a pouco, foi despertando em definitivo graças ao calor suave do sol, aos cantos agudos dos passarinhos e ao zumbido dos zangões e das abelhas que iniciavam sua jornada.

Dodin-Bouffant se pôs a meditar.

A pobre mulher lançava lamentos atrozes entrecortados pelo *tremolo* de gemidos e de palavras incoerentes:

— Ai, ai, ai! Estou com fogo no corpo!... Estou sendo furada por uma faca!... É uma dor que não passa... Ah, meu Deus, se eu não puder mais comer os cogumelos *morilles*...

Esse último lamento tocou fundo no coração de Dodin-Bouffant. Por temperamento, ele não gostava de ver ninguém sofrendo e, ainda por cima, é preciso admitir, ele percebia temores terríveis assolando sua mente. A dor, quando é profunda, ardente e imperativa, como aquela que naquele momento castigava a esposa diante dos seus olhos, evoca inevitavelmente sua irmã fiel e sombria: a morte. E o pobre homem não pôde evitar de se recordar da triste perda de Eugénie Chatagne e do transtorno que seu passamento havia trazido para sua existência, os perigos que ela havia causado para sua arte, a dificuldade que ele tivera para substituir aquela mulher incomparável... Dodin-Bouffant apiedava-se de si mesmo. Contudo, sobrepujando essas reflexões egoísticas, que atravessaram seu cérebro como uma nuvem imprecisa, logo vieram as boas lembranças da vida conjugal e dos sentimentos que o uniam à Adèle. Em grande tormento, seu coração e seu espírito misturavam angústias e aflições.

De repente, após um longo momento de nebuloso amargor, um bafejo ardente lhe queimou as têmporas e uma preocupação mais concreta tomou conta da sua mente: Quem iria preparar seu almoço? E o jantar? E amanhã?... Adèle ficaria certamente incapacitada durante muitos dias, e Pierrette, cuja educação empreendida pela sra. Dodin-Bouffant e cujo talento culinário ainda carecia de longo aperfeiçoamento, ainda deixava a desejar. Dodin estremeceu...

Com efeito, o almoço foi decente, porém nada glorioso. E, seguindo seu hábito nos casos em que uma refeição não chegava a ultrapassar a simples correção, Dodin-Bouffant retirou--se para o seu escritório. Tendo constatado previamente que a doente, medicada e mais calma, adormecera enfim, ele pôde se entregar sem remorsos e sem inquietações às próprias tribulações. Desmoronado no fundo da poltrona, com o queixo enfiado no peito, as mãos crispadas nos dois braços do assento, ele deixava seus olhos consternados, dominados pela prostração, vaguear pelo vazio. De tempos em tempos, recuperava o espírito e pensava retrospectivamente em tudo aquilo que faltou no molho ao vinho branco, no timo de vitela e nas carnes de aves que lhe haviam sido servidas, para buscar entre as brumas do passado a versão perfeita e irretocável de algum prato cujo gosto ele conseguia evocar no paladar.

À medida que as horas passavam e o horário da visita do médico se aproximava, ele ainda se inquietava: o que Bourboude iria receitar? Ele havia mencionado um regime severo e uma cura em uma estação de águas... Que espécie de regime severo? Seria preciso renunciar, provavelmente para sempre, que Adèle comandasse com sua autoridade e sua genialidade a preparação das refeições. Seria inadequado exigir que sua esposa se expusesse duas vezes por dia ao suplício da preparação de delícias que ela não poderia compartilhar. E agora? Para sempre a cozinha de Pierrette ou de outra igual... Pobre grande músico condenado a não escutar nunca mais o som de uma modesta clarineta... E a cura termal? Era a hospedagem em um nebuloso hotel e o horror cotidiano de três molhos ruins, das carnes sem suculência, das aves sem sabor, dos legumes sem perfume. Dodin-Bouffant sentia-se envolvido por uma atmosfera de desespero e catástrofe. Os minutos se encadeavam para ele em infinito langor e ele tinha a impressão de que o mundo se arrastava em lenta agonia em direção ao seu fim. Ele respirava um ar de sofrimento, esgotando o amargor da existência.

Com efeito, o dr. Bourboude receitou, com as mais sérias alusões e as mais ameaçadoras advertências, um regime vegetariano, totalmente diferente de tudo aquilo que Dodin-Bouffant costumava comer em suas refeições noturnas.

Depois, discorreu acerca da cura termal: Baden-Baden começava a ficar na moda, e suas águas, aureoladas por essa voga nascente, tinham fama de curar todo e qualquer tipo de doença.

— É absolutamente urgente — afirmou peremptoriamente o esculápio — que a senhora Dodin-Bouffant faça uma cura rigorosa em Baden-Baden. E o senhor também faria bem em cuidar de si na mesma ocasião. Uma temporada em uma estação termal lhe faria um grande benefício.

O buquê dos grandes vinhos da Borgonha dominou miraculosamente a memória olfativa do grande gastrônomo, enquanto sua boca crispava-se por antecipação com a expectativa do sabor repulsivo de uma água sulfurosa.

Foram necessários novos alertas e uma insistência tenaz do dr. Bourboude para que, em meados do mês de junho, Dodin-Bouffant tomasse enfim a resolução de partir com a esposa para o grão-ducado. Decidira-se diversas vezes a partir, nos momentos em que as ondas de dor picavam os rins da esposa ou seu próprio pé. Mas, depois de esquecido o doloroso sinal de alerta, lançava um olhar enternecido sobre o jardim repleto de sol e de flores, sobre sua confortável morada e também sobre a silhueta de Adèle, com quem seus concidadãos já estavam habituados, mas que certamente iria chamar a atenção na elegante estação termal de Baden-Baden, então ele deixava a boa resolução se dissipar em meio à apatia.

Mas finalmente eles reservaram uma carruagem de viagem para o dia 27 de junho. Dodin-Bouffant delegou a Adèle a missão de arrumar as bagagens, tomando, no entanto, a precaução de encher uma maleta de couro com uma série de livros de gastronomia, cuja saborosa leitura deveria consolá-lo de uma realidade que ele antecipava com temor. Ele muniu também sua bagagem pessoal de um odre com lie, a aguardente feita a partir da borra do vinho. Ele, que depois de longos anos não havia deixado sua casa, sua cidade e seus amigos por mais de dois dias, dormiu pouco na noite que precedeu a partida. Ficou remoendo na mente pretextos capazes de fazê-lo recuar, pensando inclusive que talvez a suposta cura de água à qual ele e a esposa iriam se submeter pudesse ter efeito contrário, arruinando a saúde e precipitando o fim de ambos com muito mais rapidez do que as eventuais crises de dor renal e outras sofridas no domicílio. Mas ele não ousava voltar atrás depois de ter feito despedidas públicas, encomendado a carruagem e reservado o hotel, pois a cidade inteira passara as duas semanas anteriores na expectativa da partida do casal. Isso não impedia, entretanto, que ele se angustiasse ao extremo, antecipando acidentes na viagem e o gosto abominável das águas que lhes seriam ministradas. Ele se imaginava inchado até quase explodir, ao lado de Adèle gorgolejando ao som de uma cascata interior, ambos debilitados pelo líquido maligno a ponto de ficarem incapacitados de pegar a estrada de volta, permanecendo condenados até o final dos seus dias aos pesadelos hidrostáticos nos confins daquele grão-ducado.

Dodin evocava sobretudo as mesas lamentáveis, em virtude da pobreza culinária dos albergues onde se respiravam os odores de gordura dos estabelecimentos populares, das frituras pouco nobres e dos repulsivos ragus, ao passo que menos sofisticada e menos atormentada, a sra. Dodin-Bouffant ressonava apaziguada no quarto ao lado.

O primeiro chamado da passarinhada na alvorada provocou um arrepio no pobre gastrônomo, como se fosse um lúgubre sinal de mau agouro. A hora da partida se avizinhava e agora que era preciso partir, sua casa e os objetos familiares pareciam se revestir de um charme irresistível que ele nunca havia notado antes. Tudo parecia banhado em uma atmosfera de melancolia à medida que, com a iminência da partida, Dodin-Bouffant descobria enfim o cenário no qual havia passado sua vida.

Beaubois, Magot, Rabaz, Trifouille e o dr. Bourboude cercaram o infortunado casal diante da carruagem. Como as pessoas pouco habituadas a participar de uma cerimônia solene e misteriosa, o sr. e a sra. Dodin-Bouffant haviam vestido para a viagem suas roupas de festa: cartola cinzenta, vestido de babados marrom-avermelhado com acabamento rendado, paletó com botões dourados e calças com estribo, capelina italiana de palha com ornamento florido. Eles estavam sobrecarregados com mil pacotes, bolsas, malas, baús e guarda-chuvas.

Antes de enfrentar os altos degraus de acesso à carruagem, Adèle deu as últimas instruções à sua assistente, Pierrette, e à lacrimosa faxineira. Os viajantes foram vistos pela última vez pelos amigos já acomodados no assento acolchoado, com encosto estampado com motivos florais, da cabine: ambos estavam infinitamente tristes e desamparados. A carruagem desapareceu à distância envolta em uma nuvem de poeira, acompanhada por uma sinfonia de rangidos metálicos e pedras trituradas.

Enquanto percorreram o território francês, a viagem foi relativamente alegre. O casal dormitava, embalado pelo balanço provocado pelas grandes molas laterais do veículo, e saíam desse torpor provocado pelas últimas emoções fortes, a angústia difusa e o movimento monótono apenas nas paradas para comer. Dodin e a esposa haviam deliberado tacitamente e sem consultarem um ao outro que, tendo em vista as circunstâncias excepcionais, aliadas ao fato de que estavam prestes a se submeter a um tratamento que deveria curar a ambos, seria mais conveniente manter a alimentação normal do dia a dia, sem qualquer tipo de restrição. Assim, almoços e jantares eram servidos com abundância de carnes, peixes e vinhos. A novidade das refeições servidas nas estalagens e nas estações de troca dos animais de tração os distraía e divertia. Em toda parte, por sinal, eles encontraram comida adequada e bastante honesta que, mesmo sem atingir o padrão supremo ao qual estavam habituados, não deixava de ter o seu encanto. Descendo das alturas inacessíveis em que seu paladar vivia, Dodin-Bouffant demonstrava indulgência e boa vontade em relação à comida encontrada na estrada.

Algumas especialidades locais, certas maneiras diferentes de preparar e servir os alimentos chegaram até a seduzir o mestre, que reconheceu seu real valor a ponto de pedir algumas receitas. Nesses momentos especiais, ele recuperava toda a sua verve lírica de fino analista gastronômico, retomando a verbosidade e o entusiasmo. Alguns vinhos imprevistos fizeram com que ele recuperasse o bom humor, a energia e a alegria de viver. Os eflúvios das velhas garrafas, o sabor dos alimentos agradáveis e bem-preparados se uniam em ondas perfumadas e vivificantes para despertar e rejuvenescer sua alma.

— Veja você, Adèle — dizia ele —, até que é bom viajar, pois ampliamos o domínio dos nossos conhecimentos, aprendemos muito e degustamos novas delícias…

Adèle escutava docilmente, sem compreender totalmente as elucubrações de Dodin, sem, contudo, deixar de se fartar de comida e bebida com grande apetite e um profissional conhecimento de causa. Seu humor ajustava-se perfeitamente aos saltos de entusiasmo ou às decepções do seu senhor e mestre.

Depois das lautas refeições, retornavam à carruagem e os campos, os vales e os rios recomeçavam a desfilar pelas janelas. Acordaram em considerar os campos, os rios e os vales entrevistos menos puros e belos do que aqueles de sua cidadezinha, que se distanciava a cada novo giro das rodas do veículo. Eles se sentiam perdidos, estranhos em terra estranha; o desconforto espiritual tombava sobre eles... Mas, então, o processo digestivo se iniciava e eles cerravam os olhos até a próxima refeição.

Apesar da lentidão que Dodin-Bouffant havia sabiamente programado para a viagem, chegou inevitavelmente a hora em que eles se depararam com a fronteira do reino de França.

O gastrônomo retesou-se, inquieto: eles iriam penetrar em terra estrangeira. Um acontecimento que adquiria ares solenes e perigosos para esse sedentário que nos últimos trinta anos não havia ido mais longe do que as cidades nas cercanias de Genebra e do cantão de Vaud, próximas à sua província. Chefe da família, ele precisa ser plenamente senhor de si para assegurar a proteção da esposa contra eventuais ameaças. Ele se empertigou, encolheu o portentoso ventre, ajeitou o colete florido, colocou a cartola e ajeitou no bolso a corrente do relógio. Assim adornado, soberbo e desconfiado, Dodin-Bouffant se apresentou aos aduaneiros de sua majestade o grão-duque de Baden. Ele se submeteu às exigências alfandegárias com silencioso desdém, mais obstinado ainda pelo fato de não entender uma única palavra proferida pelos funcionários de uniformes pretos com lapelas e detalhes cor de amarante. Terminada a infausta cerimônia, os viajantes avistaram nas dependências administrativas uma grande mesa na qual tronava em seu centro um enorme caldeirão sobre um *réchaud*. Em torno daquela base fumegante estavam alinhados pratos e talheres, diversas canecas de cerâmica e uma pilha de generosas fatias de pão preto.

A chegada da diligência da mala postal não deixou o casal curioso por mais tempo a respeito do conteúdo do caldeirão que eles examinavam com interesse. Uma bela jovem, loura, etérea, mas um pouco corada demais, com olhos sonhadores e inocentes apeou pela escadinha da diligência e um cozinheiro grande e gorducho levantou a tampa do recipiente. Então a poética Gretchen, repuxando as mangas de organdi do seu vestido, revelando mãos longas cujos reflexos das veias tornavam lilás, colheu entre seus dedos elegantes duas grossas salsichas pingando água quente... Segurando na outra mão um grande pedaço de pão, ela mordeu avidamente as salsichas tipo viena que estalavam ante a força dos seus dentes, projetando para fora da pele perfurada uma gordura quente que se derramava sobre seus róseos lábios, escorrendo sobre a pele aveludada do queixo. Duas outras e depois mais duas salsichas, sempre acompanhadas de pão de centeio, sucederam às primeiras, enquanto diversas canecas de cerveja forte regavam esses alimentos gordurosos, pesados e porcinos.

Dodin-Bouffant e Adèle observavam esse festim com os olhos arregalados. Eram apenas dez horas da manhã e, pelo visto, toda essa comilança era só um preâmbulo do almoço da esbelta moça.

O gourmet a olhou com estranho respeito, mesclado com a repugnância inspirada pela máscara de gordura que emporcalhava seu rosto. Ainda assim, ele se dispôs a provar as salsichas de aparência grosseira, mas que espalhavam no ar um tentador perfume de carne defumada. Dodin hesitou em pegá-las com a ponta dos dedos, mas, não havendo outro jeito, aventurou-se. De repente empalideceu e cerrou o semblante no esforço para engolir o imprudente bocado. Ele parecia inflar desmesuradamente ao mesmo tempo em que executava uma mímica canhestra e expressiva na tentativa de salvaguardar as roupas do fluxo maldito de gordura quente que já poluía seu rosto bem-barbeado, espalhava-se pelo queixo impecável e, através de sua mão bem-cuidada, insinuava-se pela manga da camisa, queimando sua pele. Ele depositou sobre a mesa às pressas, porém com certa majestade, um punhado da moeda local que ele cambiara há pouco, atirou o resto da salsicha para o cachorro do vigia e, enquanto tentava descolar dos dentes a pasta viscosa de pão preto, conduziu Adèle de volta à carruagem para se proteger, com ar grave e indignado, das influências malignas que circulavam em torno deles.

O almoço, na parada seguinte, fez com que o mestre se arrepiasse. Altaneiro em sua desconfiada relutância, ele havia se instalado com Adèle em um canto discreto da grande mesa comum. Porém a envergadura de sua pessoa era de tal ordem que parecia ser ele quem presidia ao almoço. Ele observava um instante — e com que irônica serenidade! — os pratos que lhe eram oferecidos e balançava a cabeça para recusá-los. Ele já havia feito sua escolha para o primeiro prato: uma omelete de proporções inabituais repousava sobre uma grande travessa, deixando escorrer pelas suas laterais demasiado tostadas filetes de queijo gruyère derretido, ao passo que uma geleia rosada de aspecto adocicado circundava trêmula e miseravelmente o monstro chamuscado. Ao longo de toda a mesa as mandíbulas começaram a estalar, enquanto assovios admirativos tentavam alcançar a esquiva omelete com queijo bem derretido e a evasiva geleia de groselha. Era uma visão realmente grotesca. E, sem que Dodin-Bouffant o solicitasse, o patrão da estalagem depositou diante dele um imenso caneco transbordante de chope gelado... O gastrônomo viu então, de olhos fechados, em meio à bruma de glória ostentando rostos humanos e o condenando gentil e silenciosamente, as velhas garrafas da sua cave, os frascos amigos de vinhos preciosos, todos os aristocráticos *grands crus millésimes*, nobres, delicados, calorosos e matizados.

Esfomeada e menos heroica do que o esposo, Adèle se arriscou a provar a omelete, servindo-se do centro para evitar a infame geleia de groselha. Todavia, seu paladar apurado detectou desde a primeira mordida, em meio ao gosto de queimado daquela mistura compacta e aquosa a um só tempo, o recheio de um falso gruyère de décima categoria. Ela repousou então o garfo e, bestificada pela infeliz surpresa, passeou seus olhos de criança velha sobre o barulhento e inchado burguês, sobre a jovem luzidia, sobre o velhote gordinho e barbudo, sobre o caixeiro-viajante de olhar feroz, que se regalavam alegremente com aquela abominação. Adèle resolveu então deixar-se sucumbir de inanição.

Dodin-Bouffant provou, com a ponta dos lábios, o repolho, mais confiável, preparado em chucrute. A gordura na qual havia sido cozido o tornava atroz, mas o mestre avaliou que um bom partido poderia ser tirado desse legume que ele não conhecia, caso fosse preparado de modo adequado. Os filés de ganso que Adèle e ele aceitaram — suprema esperança, supremo pensamento — lhes arrancaram duplo e simultâneo rosnado: fibrosos e gordurosos, deviam ter sido extraídos de uma ave velha certamente alimentada com restos de centeio e lavagens de água suja.

Ao redor deles o apetite parecia aumentar a cada novo prato apresentado. As roucas interjeições e os murmúrios admirativos espocavam daqueles grosseirões empanturrados. Alguns, inflados e sufocados, soltavam suspiros e invocações místicas de prazer, ousando misturar o nome de Deus àquela gororoba: "Ach! Gott!"

O imperador da gastronomia havia exalado um doloroso gemido, apoiando-se sobre o encosto da cadeira e cruzando as mãos diante do ventre opulento; ele havia adotado a atitude do homem que renuncia de uma vez por todas a comer. Dodin-Bouffant estava resignado. Por sinal, seu corpo havia cessado de existir no presente e no mundo real: ele havia se transportado em pensamento para sua sala de jantar... onde ele servia ao dr. Rabaz um ensopado de perdiz. Sobre a mesa surgia um bolo de fígado de aves de Bresse com molho de lagostim. Um astro cor de rubi cintilava em cada taça, sob a tamisada luz ambiente, diante de cada convidado...

A acomodação no hotel Carneiro Negro, em Baden-Baden, foi laboriosa. Tudo parecia hostil e incômodo ao exilado: as gavetas corriam mal, as cadeiras eram inospitaleiras à sua harmoniosa rotundidade, as toalhas eram ásperas e cheiravam demais a sabão! Na hora tardia em que chegaram, já com o espírito defensivo,

Dodin encomendou para ele e para a esposa uma pequena ceia servida no quarto, composta por ovos, presunto e salada. Pela primeira vez em toda a sua vida, ele comeu sem prestar atenção nessa operação instintiva e necessária. Ele não tinha fome: ambos estavam arrasados de fadiga, desgosto e desespero.

Cedo, na manhã seguinte, ele chamou o diretor do hotel e lhe disse, com uma pequena ponta de irônico orgulho:

— O senhor talvez não me conheça, mas no meu país meus compatriotas se dignaram a reconhecer em mim certo talento na difícil arte da culinária. Eu estudei longa e seriamente a gastronomia...

O hoteleiro se curvou de imediato em amplas reverências:

— Ach! Herr Doktor...

— Doutor, não... simples gastrônomo. Eu costumo me alimentar com pratos muito sofisticados. A senhora — ele apontou para Adèle — é uma artista extraordinária que se digna a supervisionar minhas refeições. É a respeito dela que o príncipe herdeiro da Eurásia dizia...

À menção deste nome magnífico, o diretor do hotel retomou suas pressurosas reverências, mas dessa vez com os calcanhares unidos em posição de sentido, em uma atitude de profunda deferência.

— Eu solicito, portanto, ao senhor que supervisione de modo especial nossa comida, para que em nossa mesa só sejam servidos alimentos de primeira qualidade preparados com grande esmero. Tudo pode ser bastante simples, mas precisa ser perfeito.

Como o diretor se desfizesse em mil aclamações e promessas, Dodin, impaciente, começou simplesmente a se barbear.

Ainda que um tanto quanto apaziguado pelas recomendações feitas e pela promessa que o hoteleiro fizera de que seu estabelecimento era renomado pelo fato de satisfazer plenamente as exigências de todos os estrangeiros com paladares bastante rebuscados, fossem eles ricos americanos, nobres ingleses ou exigentes russos, Dodin-Bouffant, de braço dado com sua companheira, à qual, diante das provações enfrentadas, sua admiração havia se transmutado em irrestrita veneração, entregou-se ao prazer de conhecer um país diferente. Os gramados bem-aparados, os belos recantos sombreados, as fontes frescas do parque lhe agradaram. Como a idade não havia atenuado — muito ao contrário — seu apetite pelas belas mulheres, Dodin se mostrou sensibilizado ante a visão das formosas banhistas que animavam o estabelecimento termal e o cassino. O mundo inteiro enviava para essa estação de águas na moda suas mais elegantes beldades. E Dodin, condenado nos confins da sua província a satisfazer apenas em sua imaginação o pendor pelo amor físico, reganhava vida. Assim, foi com ótima disposição que ele se dirigiu à mesa de hóspedes do hotel Carneiro Negro. Contudo, nem mesmo havia adentrado o refeitório e seu bom humor se alterou: um som agudo e tremeluzente de violões vinha daquele santuário que, segundo ele, nunca deveria ser profanado pela música, nem mesmo as pitorescas, na hora sagrada das refeições. Além do mais, ele foi acolhido e escoltado por um bando de obsequiosos criados com uma elegância que chegava a envergonhá-lo por sua simples perfeição. Todavia, como foi instalado ao lado de uma belíssima italiana que o contemplava de soslaio de quando em quando, Dodin--Bouffant mostrou-se disposto a ter a maior das indulgências em relação ao cozinheiro. Adèle estava literalmente aterrorizada pela suntuosidade do local. Os ornamentos em gesso das sancas, os grandes espelhos com molduras de estanho dourado, as pilhas de guardanapos e o relógio de pêndulo em mármore negro suscitavam nela imensa admiração, sufocando-a, ainda que instintivamente ela intuísse que um luxo tão ostensivo dificilmente seria prenunciador de uma culinária sofisticada e profunda.

Dodin-Bouffant, ainda prestando atenção em sua vizinha de mesa, viu-se de repente obrigado a atentar para assuntos mais sérios da existência. Em uma mesa separada, situada não muito longe, três homens e duas mulheres conversavam em voz alta em inglês. Eram, sem dúvida, os aristocratas exaltados pelo diretor do hotel como grandes apreciadores da excelência da cozinha da casa. Como eram bem-barbeados, corretos e distintos, o mestre gastrônomo julgou que eram lordes ou talvez milionários vindos do outro lado do Atlântico... O que seria servido a esses aristocratas certamente habituados a inimagináveis banquetes cotidianos em suas suntuosas moradias? Que tesouros imprevistos, que pratos longamente meditados haviam sido reservados para eles? O maître se aproximou da mesa deles, trazendo em mãos uma gigantesca bandeja... Ele pousou seis pratos sobre a mesa dos gentlemen: uma blanquete de vitela, batatas cozidas, espinafre, salsichas, enguia defumada e uma *bavaroise* de chocolate. E Dodin viu, viu com seus próprios olhos, os anglo-saxões espetarem com seus garfos ou pescar com hábeis colheradas pedaços, porções, partes de cada um dos pratos, depositando-os de forma desordenada em seus respectivos pratos: comendo tudo misturado, a entrada, as carnes, os embutidos, os legumes e as sobremesas. Eles regavam essa tenebrosa mistura com grandes copos de água gelada... Um arrepio percorreu sua nuca e desceu pela espinha, como um milhão de dolorosos formigamentos. Era prodigioso e insensato existir nesta terra seres de aspecto humano capazes de comer desta forma e ainda por cima beber água, mas isso não era certamente da sua conta. Nos quatro dias de viagem ele já fora obrigado a dar provas de muita resignação, renunciando à própria intransigência. Mas, por outro lado, o que lhe dizia respeito era a infame gamela que deveria lhe ser reservada, posto que o diretor do hotel dera como referência o gosto desses viajantes. O que iria aparecer no seu prato?! Além do mais, seria possível tolerar em um hotel de grande qualidade culinária hóspedes que se alimentavam daquele jeito?

Apresentaram a Dodin um prato fundo cheio de um líquido viscoso de cor indefinida que recobria como um verniz acinzentado e transparente grandes almôndegas. Tomando infinitas precauções, ele provou e foi subitamente sufocado por uma pasta de carne cheia de farinha, de passas secas de Corinto embebidas daquela espécie de orchata espessa de vinho Madeira. Aquilo obstruía e paralisava sua boca como um selador ou uma massa úmida, com a queimação da pimenta e o envenenamento de mil sabores nauseabundos. Dodin ficou verde e pensou em cuspir aquela coisa em seu prato, mas por um esforço heroico de decência conseguiu engoli-la. Para se recuperar, ele tomou uma forte talagada de vinho do Reno, que ele não apreciava, no entanto, em virtude da sua frieza e do seu perfume natural. Trouxeram em seguida um *Rehbraten*, um assado de corça não apenas totalmente destituído da suculência selvagem que faz o charme dessa caça, mas ainda impregnado do gosto de urina que não tiveram a precaução de eliminar após o abate do animal. E, para o cúmulo do azar, virgem de toda e qualquer marinada preparatória e, em revanche, empapado por um molho em que o creme azedo e a farinha haviam sido acrescentados ao caldo do cozimento. As ameixas do acompanhamento não melhoravam certamente essa melancólica preparação.

— Adèle — disse Dodin, com uma tristeza sem nome na entonação —, eu não estou me sentindo bem. Vou subir para o nosso quarto.

A dor que cavava olheiras em suas órbitas e comprimia seu nariz era tão evidente que Adèle não ousou confrontá-lo. Ela desejava lhe conceder o tempo de se recuperar na solidão. Ela permaneceu à mesa, coitada, desamparada na estridência das mastigações sonoras, dos risos escandalosos e dos verbos sem discrição...

Ela reencontrou Dodin-Bouffant jogado na cadeira, secando a fronte úmida. Seus olhos estavam transtornados pela visão infernal das próximas refeições. Ele a olhou com o olhar de um moribundo, repleto de toda angústia humana e, tomando-lhe gentilmente a mão, no gesto de um homem que sofreu em demasia e lamenta a própria sorte, disse:

— É uma grande verdade, como disse Montaigne no seu *Viagens*, que os alemães "enchem mais os pratos que em nossas hospedarias francesas", mas, Deus do céu, criador de todas as bondades e belezas, é preciso ver o que eles metem dentro deles!

Desde então Dodin-Bouffant não fez mais nenhuma refeição no hotel Cordeiro Negro. Ele começou a percorrer e a provar — em busca de uma alimentação mais cristã — os hotéis, os albergues e os restaurantes de Baden-Baden e suas cercanias. O primeiro momento de indignação superado, ele se revestiu de severa dignidade. Ele experimentava, ele experimentava sempre, ele experimentava incansavelmente todas as gororobas teutônicas que lhe apresentavam e que se destacavam por serem pesadas, destituídas de gosto e adequadas somente para os estômagos prodigiosos dos prussianos e seus confederados. Imbuído da própria majestade, Dodin-Bouffant emitia com razão duros julgamentos desdenhosos. Sentada ao seu lado, como um conselheiro real, Adèle assentia e, com frequência, emitia piores opiniões com o linguajar vivo e pitoresco que lhe era característico e que Dodin parecia não notar. Acontecia de ele expressar com menos rudeza suas próprias opiniões. Diante de um *Gänsebraten* fibroso e insosso, nadando no eterno molho cremoso e salobro, monótono auxiliar da insipidez pretensiosa, ele murmurava para si mesmo, sintetizando em uma fórmula concisa dois aspectos distintos da alma local:

— Meu Deus! O que será que comia o pobre Werther?

Aliás, guiado pelo próprio instinto, apoiado em indefectível perseverança e favorecido pelo acaso em longo prazo, Dodin-Bouffant havia encontrado, à direita e à esquerda, depois de pacientes buscas, algumas especialidades locais suficientemente agradáveis para ajudá-lo a sobreviver. Ele havia descoberto que um estabelecimento em caricato estilo medieval, A Ferradura, servia um vinho da Alsácia frutado e um pouco rude, mas muito original e distintivo. No final do caminho, na entrada da cidade, ele havia descoberto que a Cervejaria do Grão-Ducado servia um excelente peito de ganso defumado. Uma confeitaria oferecia bolinhos com geleia muito honestos, e era certo de encontrar sempre um revigorante porco frio com raiz forte e um apetitoso *Leberwurst* em um pequeno hotel de terceira classe, o Floresta Negra.

À falta de coisa melhor, Dodin-Bouffant sabia tirar partido dessas descobertas casuais. O médico do estabelecimento termal havia receitado o devido tratamento ao casal, que Adèle, ainda afetada pela crise recente, seguia escrupulosamente, ao passo que o mestre, após dois dias de fiel obediência, havia concebido um estratagema engenhoso, combinando instinto e razão em um casamento agradável entre as exigências da saúde e os apelos da gula.

Às nove horas, ele descia até a fonte e, prendendo a respiração, bebia um bom copo de água, em meio a muitas caretas. Através do copo era possível perceber seus olhos arregalados pelo pavor que essa bebida lhe causava e o rubor de vergonha por ingeri-la. Como o médico havia recomendado um intervalo de 45 minutos entre cada ingestão de água, em um total de três, sem especificar o que ele deveria fazer durante esse interregno, assim que Dodin terminava essa ignominiosa tarefa, ele seguia alegremente para a estalagem A Ferradura, onde se instalava em um dos bancos do jardim e encomendava uma garrafa de vinho da Alsácia. Decorridos 45 minutos, ele se submetia outra vez ao suplício da ingestão de água, após o que regressava rapidamente ao seu prazer.

Seguindo esse sistema, Dodin bebia todas as manhãs três copos de água e três garrafas de vinho, e nem Adèle nem o médico conseguiram convencê-lo de que uma cura termal séria deveria ser composta apenas pela primeira parte desse programa.

Certa tarde, por volta das cinco horas, quando ele voltava de um passeio, o porteiro do hotel trouxe até o quarto, onde Adèle já estava com o robe de cetim ameixa-arroxeado e rolinhos no cabelo, um cartão de visita onde se lia:

Prof. Dr. Hugo STUMM
Geheimrat
Philosophischer Schriftsteller

Um tanto surpreso, Dodin deu, no entanto, ordem para que ele subisse ao seu encontro e viu entrar no quarto um homem grande, bastante forte, que enxugava a fronte ossuda e brilhosa na qual o suor se obstinava a brotar. Óculos bem assentados sobre as orelhas e como que aparafusados ao nariz pareciam ser parte integrante do seu rosto. O nariz, por sinal, se interrompia a meio caminho do tamanho dos narizes normais para se alongar para os lados no meio da face redonda. Sua boca, com poderosa mandíbula, não se assemelhava à do comum dos mortais, assemelhando-se a um mastigador de aço articulado. Seu crânio achatado era delineado pela sombra dos cabelos cortados à escovinha.

Desde a entrada no quarto, o professor começou a endereçar a Dodin-Bouffant e sua senhora reverências feitas apenas com a inclinação do tronco, ritmadas pelo estalido seco dos saltos dos sapatos se chocando. Depois ele começou a falar, em um francês destilado gota a gota, o discurso ensaiado:

— Eu tive notícia da presença entre nós do ilustre Dodin-Bouffant, amigo do príncipe da Eurásia — e aqui ele saudou no vazio a majestade ausente. — Que a nobre senhora Dodin-Bouffant permita que eu me apresente.

Adèle, com a cabeça ornamentada por uma centena de papelotes no cabelo, com as pernas entreabertas e segurando um pente na mão, permanecia abestalhada, flutuando por assim dizer em seu robe de chambre e, sem sentir, por mero efeito de imitação, replicava cada uma das palavras do visitante com as mesmas forçadas inclinações de torso dele.

— Professor Doktor Hugo Stumm, *Geheimrat, Philosophischer Schriftsteller*... primeiro-tenente de *landwehr*, irmão do capitão da guarda prussiana Otto Stumm...

Fatigado pela caminhada, com os pés doloridos, Dodin-Bouffant fez sinal ao professor para se sentar e sentou-se ele mesmo. Desejando corresponder às normas de polidez do país, disse apenas:

— Permita-me, senhor irmão do capitão da guarda prussiana Otto Stumm, que eu retire meus sapatos e calce as pantufas.

Ele retirava então um dos sapatos, com o esforço de um obeso desajeitado, enquanto Hugo Stumm já começava:

— Venho dialogar, berühmter Herr Professor, a respeito da metafísica da culinária, tema que estudo há tempos.

Dodin se ergueu com o rosto profundamente surpreso, com o sapato na mão e o pé descalço. Stumm percebeu claramente o espanto do grande homem e chegou a ficar também um tanto desconcertado, então achou conveniente explicar:

— Eu já escrevi as primeiras 1.783 páginas de um livro de inspiração hegeliana e platônica tendo por título: *A metafísica da culinária*.

Adèle sentiu um vago arrepio seguido por um pouco de vertigem ao misturar obscuramente em seu cérebro o termo "metafísica", considerado bárbaro por ela, e a visão de panelas, sugerida sem dúvida pela palavra "culinária". Ela tremia de pavor ante a ideia de que o estrangeiro tivesse más-intenções cruéis em relação à sua bem-amada arte. A calma do marido, no entanto, a tranquilizou. Stumm respondeu:

— Não lhe ensinarei nada, ilustre mestre, nem defenderei que, como tudo no mundo, cozinhar em si não é nada além de uma ilusão dos nossos sentidos. Apenas a Ideia que emerge da culinária tem valor.

Dodin revirou os olhos e a suspeita de que o homem estivesse louco se misturou à irritação enquanto memórias inefáveis, que em nada se relacionavam com a tal Ideia, protestavam contra aquela audaciosa afirmação.

O outro continuou, imperturbável:

— Apresento-lhes a premissa do meu livro e seu conceito principal. — Stumm se virou, o chapéu entre suas mãos gordas. Parecia muito satisfeito com aquele gesto estúpido. — Então, somente a ideia do que é cozinhar é considerável. Dediquei minha vida a demonstrar isso e passei a comer somente batatas no vapor e repolho cozido.

— Como eu o entendo... — interrompeu Dodin, evocando os bolinhos da primeira noite.

Stumm considerou a interrupção como concordância:

— Já que aprova minhas premissas, façamos uma análise transcendente da minha ideia.

"Despojando-a de todos os artifícios com que nossas necessidades a revestiram e de toda e qualquer superficialidade com a qual nossa deliquescência a pavoneou, encaremo-la em sua simplicidade original: a ideia de culinária é simplesmente um dos impulsos básicos de nosso instinto vital de sobrevivência, de nosso anseio de autopreservação. O cozinheiro típico é o homem mais ancestral da pré-história, cuja ciência consistia apenas em saber separar, do quarto sangrento do auroque abatido, os tendões duros demais para serem mastigados. Seu filho, por outro lado, já se afastou dessa concepção primitiva ao colocar esse quarto de carne sobre o fogo para assá-lo. No mundo platônico, a Ideia de culinária se conjuga apenas com outra grande abstração do instinto vital: a Ideia de reprodução."

Embasbacado, Dodin-Bouffant continuava paralisado, segurando o sapato na mão. Ele não esboçara nenhum gesto, permanecendo com o braço erguido e o nariz apontado para o alto.

— O senhor deve ter observado, muito honorável mestre, que a Ideia de reprodução se manteve através dos séculos constante no cérebro dos homens. Com exceção de alguns degenerados, que, lamento muito constatar, nobre senhor, pertencem quase que exclusivamente ao vosso país e que substituíram o ato primordial por malsãs excitações que, constato também com idêntico pesar, não deixaram de modificar de modo considerável a relação entre os sexos em vossa pátria. Mas, com a exceção dos citados degenerados e seus discípulos, a humanidade continua a se reproduzir hoje em dia com o mesmo gesto primitivo, preservando assim, dessa forma, o Pensamento Puro de sua manifestação primeva, praticamente intacta.

Essa longa dissertação arrancou um grunhido de dor ao gastrônomo.

— O mesmo ocorre com a culinária: a gula, que pouco depois do aparecimento do homem na Terra, viciou e complicou o simples desejo de sobrevivência, substituiu em todas as partes a necessidade original, de tal modo que hoje em dia a culinária sofisticada dos povos civilizados está muito longe da alimentação primitiva...

— Tanto quanto os bolinhos de carne da Floresta Negra estão da gastronomia artística — resmungou Dodin, cujo sangue já começava a se esquentar.

Ele pousou finalmente o sapato no chão. Mas Hugo Stumm, ao que parece, não havia escutado sua observação ou, embalado pela própria argumentação, não a compreendera. Continuou ele:

— Estas são, penso eu, premissas inquestionáveis. Ora, o senhor não ignora, distinto mestre, que o universo inteiro, embalado por um frenesi doloroso, tende a evitar sua própria dispersão, reconstituindo-se na Unidade. Ou melhor, na Unidade do mundo do Pensamento. Isso é um fato incontestável. Tudo aquilo que tende à simples Unidade também tende a escapar dos limites restritivos da matéria para voltar à sua origem ideal.

"É por isso que qualquer homem dotado de conhecimento filosófico aprovará irrestritamente a política tradicional dos nossos Hohenzollern que, buscando ao longo dos séculos concretizar a unificação da Alemanha sob seu cetro, depois, sob seu comando, a unificação da Europa inteira e, por fim, a unificação do mundo, submeteram-se profundamente à lógica da ordem metafísica.

"Mas eu retornarei agora à culinária, pois é sob esse prisma que eu tive a honra de esboçar diante do senhor que eu vou considerá-la. Seu maior apóstolo vivo, o sucessor dos Apicius, dos Diodon de Alicante, dos Remus Varonicus, dos Aristobal, dos Eumène Scartey e de tantos outros, não pode deixar de aprovar meu esforço no sentido de elevar sua arte, ou sua ciência, às alturas das esferas especulativas do espírito."

Dodin-Bouffant, perturbado pelo excesso de eloquência de seu interlocutor, ao mesmo tempo em que impressionado pela exibição de uma erudição desmesurada, havia finalmente conseguido se instalar de maneira confortável em uma cadeira, na qual ele parecia apenas estar provisoriamente sentado, pois se debatia entre o impulso de interromper o douto discurso e o de escutá-lo com o tantinho de respeito que este lhe inspirava.

— O esforço humano que retirou a culinária das malhas do materialismo para conduzi-la na estrada do espírito consiste, portanto, em eliminar essa diversidade malsã e introduzir ordem na desordem e na complexidade dos elementos para resgatar sua Unidade primitiva à luz do Pensamento original! Assim, consequentemente, é necessário simplificar, simplificar ao extremo e reabituar nossas faculdades gustativas aos sabores rudimentares e pouco numerosos, para subtraí-los das aviltantes experiências, das elucubrações decadentes, e oferecer-lhes satisfações cada vez mais normais, ou seja, rudes, para preparar dessa forma o dia em que a Culinária, retornando à sua função de instinto primal do homem, limitar-se-á a preparar, para assegurar a preservação da vida, os pedaços de carne crua dos nossos longínquos ancestrais.

— Parece — murmurou Dodin-Bouffant entredentes — que vossos compatriotas e alguns norte-americanos que eu conheço estão bastante avançados nesse caminho...
— Assim a Culinária terá concluído seu ciclo platônico e se tornará a mais magnífica e a mais metafísica das artes. Partindo da Unidade de Pensamento, ela efetivará sua plena consciência ao passar por todos os estágios da diversidade, para retornar, por intermédio deles, à Unidade original. Eu extraio, portanto, do claro discernimento deste destino as leis que deverão inspirar os mestres que a dominam, a exercem e a comandam, e, ao lado deles, todos os seres humanos pensantes e desejosos. Ao menos no domínio do espírito, o homem, rompendo as categorias artificiais do pensamento, obedecerá tão somente aos imperativos categóricos em vista de chegar à realidade essencial das coisas, mascarada pelas aparências externas! Nós teremos então afastado a Culinária deste imperativo do qual nós devemos nos abster.

Depois de um longo silêncio, quando Dodin-Bouffant assegurou-se de que o discurso do visitante havia de fato terminado, levantou-se e começou a percorrer o quarto com as mãos nas costas, sem prestar atenção em Adèle, demolida pela monstruosa verbosidade filosófica que Hugo Stumm despejara sobre suas pobres panelas. Aparentemente esvaziado, até ele permaneceu longo tempo sem falar.
O filósofo, revirando sem parar o chapéu nas mãos, tremia de satisfação em sua cadeira, na expectativa da aprovação entusiástica de Dodin-Bouffant, sem suspeitar nem um pouco que sua exposição não havia conquistado para suas hostes o ilustre amigo do príncipe da Eurásia. Ele já antecipava mil consequências importantes provocadas por essa célebre adesão. Sem deixar de andar, Dodin-Bouffant proferiu finalmente as seguintes palavras:
— Senhor irmão do capitão de *landwehr* Otto Stumm — e dessa vez ele incutiu na frase toda a insolência que seus lábios

sensuais podiam destilar —, uma das minhas amigas que morreu guilhotinada durante a Revolução, a bela senhora de Lassuze, respondeu a d'Alembert, depois que ele lhe explicou a doutrina de vosso Kant: "Todos os imperativos do mundo não valem um pecado cometido por ternura." E eu penso que vosso metafísico e toda vossa metafísica ainda por cima são derrotados por essas singelas palavras. Toda vossa "Ideia" a respeito da culinária não passa de comida de cachorro diante de um caldo de lagostim, uma galinhola de Dombes, ou o *oreiller de la Belle Aurore* de meu divino amigo, o senhor Brillat-Savarin, que escreveu: "Os animais se alimentam; o homem come, somente o homem de espírito sabe comer." Essas 14 palavras bastariam para demolir todo o seu palavrório, se é que este teve algum dia consistência ou sentido.

A aparência de Dodin-Bouffant era tão imperiosa que Hugo Stumm, derrotado, nem sequer ousou protestar.

— Mas não me surpreende nesse país a loucura de tentar reduzir a Culinária a uma Ideia pura, encarnada, ainda por cima, em uma porção de carne crua. É possível até que a culinária de vosso país se beneficiasse com isso, meu senhor, mas não espere que nenhum cidadão da minha pátria compreenda uma só palavra de vossa vã filosofia e, menos ainda, que a aprove. Nós inventamos o confit de ganso, o ragu de cogumelos *morelles*, a galinhola ao creme, as trufas ao bacon, as tortas de fígado de aves, as lebres à *la royale*, os folheados de lagostim e tantas outras coisas. Nós, meu senhor, nós! Nós temos os vinhos Bourgone, Bordelais e Anjou, nós, meu senhor! Pois se eu compreendi bem, o senhor nos oferece água das fontes para acompanhar a carne crua e corresponder à Ideia pura da sede! Seria muito simples responder, meu senhor, que em virtude de uma filosofia natural que tem outra nobreza e outra autoridade do que a insignificante tese que o senhor tenta construir, de que nós utilizamos os dons que Deus nos concedeu... Aparentemente a Divindade, que é a Ideia das Ideias, não semeou sobre nossa pobre Terra mil tesouros delicados para que nós nos alimentemos de pedaços de carne crua. Pelo visto, o senhor não pensou nesse detalhe. Vossa teoria é edificada sobre um pressuposto estúpido, como, por sinal, toda vossa filosofia que, alterando os termos imutáveis do problema, sempre tentou incluir na metafísica um postulado moral.

Hugo Stumm tentou mais uma vez interromper Dodin-Bouffant, pois se ele aceitava sem protestar as críticas veementes à sua pessoa, a demolição em uma cartada de toda a filosofia alemã lhe parecia intolerável.

— Eu vos peço que me escute, meu senhor, pois eu o escutei com paciência — atalhou severamente Dodin-Bouffant. — Posso afirmar que não concordamos com vossa metafísica e nos recusamos a aderir a ela, pois a nobreza, a grandeza, o brilho e o esplendor da Culinária do meu país não se baseiam nem em Ideias puras nem em pedaços sangrentos de carne crua! Eu vos asseguro que nossa culinária (mas como o senhor teria condições de nos julgar?) não necessita das vossas nebulosas teorias nem das vossas divagações para subir, como Faetonte, em direção à glória e ao Sol! A beleza e a elegância, a combinação e a proporção, a dose exata e a certeza do sabor contêm neles próprios suas virtudes intrínsecas, e quando a feliz combinação desses elementos consegue elevar o ser humano acima de si mesmo, exaltá-lo e deslumbrá-lo acima da matéria, eles atingem tal plenitude de efeito que os transformam em forças irresistíveis, soberanas e ideais. O senhor seria incapaz de perceber o que, para nós, há de grotesco na intenção de esterilizar a Ideia e misturá-la às fibras violáceas da carne crua, quando, ardorosos filhos de Pascal, do épico Rabelais e do malicioso Montaigne, nós desejamos, ao degustar os sabores do mundo nas pontas dos nossos garfos, expandir essa Ideia, nela incutindo todos os impulsos e entusiasmos da Vida! Isso é tudo o que eu posso lhe dizer, meu senhor...

REGRESSO E JURAMENTO

No dia 2 de outubro, a jovem Bressanne, encarregada de tomar conta da casa na ausência do casal Dodin-Bouffant, recebeu uma carta anunciando o retorno dos seus senhores no dia 17 do mesmo mês. Na carta, solicitavam a ela — em uma recomendação detalhada em três páginas, com as devidas receitas e prescrições — que fosse preparada para esse dia uma boa sopa de galinhas velhas, de língua e de coxa de boi, de pastinacas, de nabos, de cenouras e de aipos; de ter em reserva uma redução de carne bem concentrada, uma boa seleção de cogumelos frescos, um belo rim de vitela (cujo peso, cor e proporção de gordura estavam precisamente descritos); de separar uma quantidade de peitos de peru, de preparar e limpar 12 fígados de aves e seis dúzias de belos lagostins. E, finalmente, de escrever a Lavanchy, em Bulle, para que ele enviasse em tempo hábil um pedaço de autêntico queijo gruyère bem gorduroso. Foi-lhe ordenado também que resfriasse, desde as seis horas da manhã, três garrafas de Château-Chalon e que colocasse em temperatura ambiente a mesma quantidade de Vergelesses.

"De resto" — completou Adèle Pidou, a sra. Dodin-Bouffant —, "não se preocupe em preparar nada, pois eu mesma vou me encarregar da cozinha."

Uma hora depois da recepção dessa missiva, toda a cidade já tinha notícia do retorno iminente do mestre. A emoção atingiu o paroxismo nos cafés, nas residências burguesas, no mercado, na prefeitura e na praça das diligências. Todos haviam temido muito que essa viagem pudesse ser fatal para o grande homem, e que seu cadáver seria repatriado para ser enterrado ao lado de Eugénie Chatagne! Uma espécie de alegre sentimento de alívio envolveu toda a cidade, difundido pela prestimosa empregada, orgulhosa de ser mensageira de tão boa notícia.

Ah! Como o tempo pareceu se arrastar para os concidadãos de Dodin-Bouffant até que chegasse o dia e a hora do herói local regressar à pátria. Magot, Beaubois, Trifouille e o dr. Rabaz se reuniam todos os dias para degustar antecipadamente a alegria da hora abençoada em que a carruagem surgisse no alto da colina, na entrada da cidade... Todos muito aliviados ao constatar que ninguém havia tido notícia na véspera de nenhum contratempo ou acidente, eles se entregavam outra vez aos prazeres do orgulho e da glória de serem íntimos do grande gourmet pelo qual ansiava a cidade inteira. Afinal, em virtude de tal intimidade, não tinham o privilégio de serem os mais afetados pela boa nova do retorno de Dodin-Bouffant?

Chegou finalmente o dia 17 de outubro. Um dia excepcionalmente luminoso e agradável, no qual o coração da cidade batia ao ritmo da alegria. Parecia até que era dia do aniversário do Rei, de tal forma que flutuava no céu outonal da cidade um clima de contente ociosidade e inusitada expectativa. Alguns tipos, enviados como batedores, espreitavam a chegada da carruagem na área das Tuilières, na saída do vale, e todos aqueles que tiveram possibilidade de sair do escritório, da loja e do ateliê espreitavam às portas da cidade, expectantes, sentados na relva.

Em torno das duas horas da tarde, os batedores retornaram enfim, à galope, seguidos pouco tempo depois pelo ruído do trote compassado dos animais de tração.

— Ei-los! Ei-los! — gritavam os batedores até perder o fôlego, exaustos, suarentos e empoeirados, tal qual o corredor de maratona.

Em um piscar de olhos, a multidão acomodou-se nos dois lados da estrada, onde era possível ouvir algumas breves frases entrecruzarem-se:

— Em que estado, meu Deus! Eles escaparam de boa!... Pobre Dodin, pobre Adèle!... Como será que os bárbaros os devolveram a nós?...

A carruagem apareceu e passou, em uma velocidade tranquila, como se a alma plácida e meditativa do grande gastrônomo houvesse influenciado até o espírito selvagem dos cavalos. O veículo avançava em meio aos murmúrios de respeito e amor: diante dele, os chapéus tombavam como as espigas de trigo sob a foice do lavrador. Naquele momento, Dodin-Bouffant, voltando, por milagre, são e salvo de sua incursão nas lonjuras selvagens e fabulosas, regressava ao seu torrão natal como um desses heróis lendários cujos méritos já foram meio esquecidos. Deles e das suas façanhas, pouco sabe o povo, porém todos incorporam por instinto suas gloriosas realizações. O grande homem estava de volta! Do fundo acolchoado de sua carruagem, saboreando a inesperada homenagem dos seus compatriotas, Dodin-Bouffant já começava a esquecer suas recentes vicissitudes. Ao seu lado, Adèle, inflada de orgulho como uma pomba-rola, esforçava-se para conferir um ar digno e bem-composto ao seu rosto emagrecido emergindo de um colarinho de organdi e envolto em um xale indiano.

Os discípulos aguardavam na entrada da residência. Em meio a eles, a jovem Bressanne, incapaz de exprimir sua emoção, batia no ventre e nas coxas com as mãos, sem conseguir conter as lágrimas.

Os membros desse pequeno círculo, que haviam visivelmente engordado enquanto o mestre e a esposa afrontavam os perigos que relatamos, receberam-nos de braços abertos. Bastou a primeira olhadela às barrigas deles para que Dodin-Bouffant constatasse, mortificado, que não há vantagem alguma em viajar. Ao passo que eles perceberam de imediato que o colete de veludo amarronzado do mestre flutuava sobre seu ventre outrora poderoso. Suas pernas pareciam hesitantes. Seu rosto estava enrugado e marcado pelos estigmas do cansaço. Mas a luz feliz e de bom augúrio que brilhava em seus olhos passeava sobre os rostos amigos e sobre as pedras da sua casa, com um perceptível sentimento de alívio. Dodin abraçou os amigos em silêncio, embargado pela emoção.

Quanto a Adèle, ela subiu os degraus de acesso à casa inflando a seda do colarinho do seu vestido e resmungando com discrição, como uma viajante que acabasse de escapar de grandes perigos e houvesse contemplado coisas que os olhos do comum dos mortais não contemplariam jamais. Logo em seguida, ela desapareceu.

Os cinco amigos encontraram no escritório de Dodin-Bouffant, que Adèle havia atravessado como um pé de vento, apenas sua bolsa, suas luvas e seu guarda-chuva. Mas era possível escutar, a partir da cozinha, seus imperiosos comandos, emitidos com voz rejuvenescida, e mil pequenos ruídos imprecisos denunciadores de intensa atividade culinária.

— Grande mulher — murmurou Dodin-Bouffant. — Sem se preocupar em subir até o seu quarto para trocar de roupa, ela está preparando meu jantar. Ela deseja que a primeira refeição em nossa casa possa apagar as nauseabundas lembranças de nossa cura abominável!

Os cinco amigos instalaram-se confortavelmente em suas boas cadeiras reencontradas. Dodin fez trazer três garrafas de um Madeira autêntico que um amigo — infelizmente já falecido — havia trazido para ele em um dos navios da sua empresa. Ele teve a boa surpresa de ver os veneráveis frascos alinhados sobre uma bandeja de zinco ornamentado, acima de uma série de pudins de *kirsch* que Adèle havia preparado às pressas para o antepasto.

A tarde foi deliciosa para o epicurista escapado do inferno germânico. Sua alma se reinstalava junto aos seus velhos livros, seus velhos amigos e seus velhos móveis, assim como as pernas cansadas se acomodam nas dobras familiares de calças deformadas pelo uso.

O livro que ele havia folheado antes de subir na carruagem — *O almanaque dos gourmands*, do conde de Périgord — ainda estava ali, sobre a mesa. Quantas penosas aventuras, quantas amarguras e quantas sinistras experiências ele havia enfrentado desde a última vez que o folheara!

Dodin-Bouffant informou-se com seus discípulos a respeito dos acontecimentos da sua cidadezinha enquanto ele estivera fora, mas cada vez que um deles tentava interrogá-lo a respeito da viagem, seus olhos se entrefechavam, como se não pudessem suportar a visão que tinham diante deles.

Ele reconduzia seus interlocutores à cidade deles, à Cidade, e fazia com que eles relatassem em detalhes os cardápios das suas refeições, o sabor dos pratos que apreciavam, um jantar que havia sido preparado para eles pela cozinheira do Café de Saxe, um banquete oferecido pela Prefeitura... Dodin fugia visivelmente da lembrança das terríveis semanas das quais escapara, e seus amigos logo compreenderam que não deviam impor a ele o doloroso sofrimento de evocá-las.

Depois, com o fim do dia e os últimos pudins e as últimas gotas de vinho Madeira, as palavras foram extinguindo-se, as frases tornaram-se mais breves e, com o cair da noite, silenciaram de todo.

A empregada trouxe-lhes lamparinas suaves. Colocadas nos lugares que elas ocupavam há quarenta anos, elas encheram o agradável ambiente do escritório com um jogo de luz e sombra que os olhos de Dodin reconheciam com deleite, como a iluminação habitual e bem ajustada do cenário da sua vida. Elas sublinhavam a intimidade solene e abastada da casa familiar, projetando a segurança de sua presença em meio ao perigoso mistério da noite que já se insinuava ao redor...

Então Dodin-Bouffant declarou, como se encerrasse uma longa e controversa meditação íntima:

— Não há a menor dúvida: a culinária de um povo é o único testemunho fiel do seu grau de civilização.

E os aromas divinos, sutis e delicados, leves e graciosos daquilo que Adèle preparava na cozinha, e que haviam invadido o escritório três ou quatro vezes pela porta aberta, vieram conferir a esse axioma uma singular e definitiva autoridade.

Quando, ao ouvir o ruído dos pratos, Dodin percebeu que a mesa estava sendo posta, desculpou-se com os seus discípulos:

— Infelizmente, não posso convidá-los para jantar, meus queridos amigos. Depois dessa infernal estadia e da longa viagem, Adèle e eu estamos muito cansados... Mas nós iremos recomeçar nossos encontros habituais das terças-feiras...

Na verdade, ele sentia a imperiosa necessidade de saborear, só, em companhia apenas da esposa, a doçura que ele acabara de reconquistar e concentrar sua alma, que ele quase perdera para sempre, nas gloriosas delícias que sua diligente companheira preparava.

O aviso de que o jantar estava servido fez com que ele recuperasse subitamente o vigor do corpo abatido. Ele se despediu dos amigos e se instalou diante de Adèle, solidamente assentado nas cadeiras especiais que ele havia concebido e mandado fazer anos atrás. A valente mulher, jubilosa e magicamente rejuvenescida, ostentava uma expressão firme que o tranquilizou a respeito do que ainda haveria de vir pela frente. Antes do calvário que eles enfrentaram, quando ela produzia um prato irretocável, seu nariz parecia se empinar em desafio a todas as cozinheiras do mundo, enquanto os olhos adquiriam um fulgor intermitente, brilhando como as luzes alternadas de um farol, e a boca desaparecia atrás dos lábios inchados.

Essa noite seu rosto exibia simultaneamente todas essas manifestações de alegria, das quais Dodin-Bouffant extraía os mais promissores augúrios.

Ele não pode deixar de evocar — oh, quão brevemente! — os repolhos malcozidos, os cremes azedos, as infames almôndegas mortificadas das sopas teutônicas, no momento em que ele levou aos lábios ávidos, em meio a uma nuvem de fumaça perolada, o consomê sabiamente acompanhado de um creme de alface e de feijão. E ele elevou sua alma em direção ao deus do lar e da culinária francesa quando um adocicado maréstel no ponto sufocou, sob seu corpo perfumado, a lembrança atroz das cervejas pesadas, e um rim de vitela, de douradas rotundidades e gordura transparente, servido sobre um belo canapé, aparecia sob o véu sagrado de um molho untuoso, com os odores simples porém nuançados, como as cores do arco-íris. Mas o bolo de fígados de aves de Bresse em calda de lagostim fez com que ele estremecesse de felicidade, celebrando a vida e a alegria de degustar, com sabedoria e a grandes bocados, a glória da natureza trabalhada pela genialidade humana e a certeza da boa refeição de amanhã, de depois de amanhã, de sempre, na ampla e plácida volúpia de sua abençoada província. A vida retornava bruscamente ao seu corpo, fazendo-o florescer.

A inquietude em seus olhos desvanecia e emudecia, transformando-se naquela irônica certeza, naquele apaziguamento que ele havia durante muito tempo ostentado e que ele acabava de recuperar. Seus ombros, um pouco curvados pelo peso do infortúnio, endireitavam-se, salvos e triunfantes. E agora, o Borgonha descia pelos seus lábios como uma onda de ambrosia! Ele contemplou longamente a esposa, que, sentada diante dele, raspava com vigor o fundo do prato com um pedaço de pão, contrariando a falsa lenda de que as cozinheiras não comem jamais o que cozinham. Adèle procurava recolher até os menores restos de fígado e de molhos, deleitando-se realmente com os derradeiros vestígios da sua obra-prima. Dodin-Bouffant a envolveu com um olhar amoroso e agradecido, colocou o guardanapo ao seu lado sobre a mesa e, inclinando-se, disse:

— Adèle...

Ela elevou seus bons olhos, novamente calmos e límpidos, nos quais palpitava toda sua genialidade.

— Adèle — retomou Dodin —, você conseguiu em poucas horas apagar as amargas lembranças dos nossos sofrimentos. Nós aprendemos, por experiência própria, que não há crise, doença ou até mesmo a morte, que os horrores e os sofrimentos possam atenuar. Nós padecemos durante tenebrosas semanas as abomináveis curas que nos foram impostas pelos sinistros esculápios e que, no final das contas, deixaram-nos fracos, desgostosos e exauridos. Qualquer que sejam os desafios que teremos que enfrentar no futuro, nós agora estamos suficientemente alertados acerca da natureza pérfida e inútil dos regimes. Vamos retomar, para nunca mais abandoná-la, nossa boa vida e nossa boa cozinha de antanho e, na paz ou no sofrimento, dependendo do que Deus queira nos conceder, vamos terminar nossas vidas celebrando o culto da boa mesa na alegria do nosso lar.

Dodin-Bouffant ergueu-se e tomou as mãos de Adèle por sobre a mesa como se lhe fizesse esse juramento em memória do delicioso bolo de fígado e das garrafas vazias de vinho.

DIREÇÃO EDITORIAL
Daniele Cajueiro

EDITORA RESPONSÁVEL
Ana Carla Sousa

PRODUÇÃO EDITORIAL
Adriana Torres
Laiane Flores
Juliana Borel

REVISÃO DE TRADUÇÃO
Eduardo Rosal

REVISÃO
Perla Serafim
Thiago Arnoult

PROJETO GRÁFICO DE MIOLO E DIAGRAMAÇÃO
Larissa Fernandez
Leticia Fernandez

Este livro foi impresso em 2024, pela Corprint,
para a Nova Fronteira.
O papel do miolo é pólen 70g/m² e o da capa é cartão 250g/m².